僕の電蓄放浪記

井上卓也

静人舎

僕の電通放浪記　目次

序章

規模の大小はあれど、電通という会社に限らず、広告代理店というものは外から見ると、とても見えにくい性質を伴った企業に思われます。特に電通の場合、大きいために組織がどうしても複雑になりがちだったので、特にそうした傾向が強かったと思われます。

僕は電通在籍三十数年の社員生活の間、一貫してCMプランナーと呼ばれるテレビCMの企画制作をもっぱらとする職人として働いていたために、自分の勤務する会社であるにもかかわらず、電通という組織をよく見ることができませんでしたが、社外の人にはなおさらだったと思われます。

時に社外の方が電通のことを書かれた文章に出会うことがありました。失礼ながら、トンチンカンに思えたものに出合ったこともありました。それらには共通した一つの傾向が見られたのですが、我々社員からすると、何かこそばゆい過大評価というのが、その共通傾向だったのです。

ですから僕はこの著書において、このトンチンカンだけは書かないように、最も気を配って筆を進めるつもりです。今書いた過大評価についての細かな分析をするのがこの本の目的ではないので、詳しく書くつもりはありませんが、共通しているのは、〝日本を裏で動かしている会社、電通〟というものです。僕はそんな記事を読むたびに「へーっ、オレってそんな偉い会社に勤めてるんだ」と、笑ってしまったものです。

もちろんお断りするまでもありませんが、外部の方の優れた電通に関する素敵な記事が存在したことも多くありました。

繰り返しますが、僕は本書において、僕の長年勤めた、平常の、ある意味では規模は別としてごく普通の広告代理店としての電通という企業についての〝思い出〟を書くつもりです。〝思い出〟といってもそんなに昔のことではありません。こういう僕も一〇年ほど前までは、自分が朝から晩まで勤務する会社だったのですから〝思い出〟とは、一九七〇年四月から二〇一〇年三月頃までの四十年間近くのことを意味します。

さてこの本で僕は、読者の皆様とご一緒に、僕が入社した遠い昔の電通から、ごく最近といってもいい八年ばかり前までの電通を見学する旅に出たいと思います。お断りしておきますが、この本は僕の自伝ではありません。あくまで電通という広告代理店を旅する話です。難しい広告の歴史を書くつもりもありませんし、電通の社史を書くつもりもありません。読者の皆様にも、三十数年も前の電通に入社していただき、この電通という、実に素晴らしくもあり、楽しくもあり、また荒っぽくもあり、時には激しい戦場と化した電通生活を楽しんでいただくつもりです。

それからもうひとつお断りですが、僕は退社してからのここ八年ばかりの電通については何も知りません。僕が電通を辞めてから大学教師（コミュニケーション論）という全然別の教育現場に飛び込んだということもありますが、最近の電通についての情報もあまり入ってきませんし、はっきり言ってしまえば、最近の電通にあまり興味をもっていないことも確かですから。

遠い世界（といっても電通の後輩たち）から、ここ最近の電通のビジネスの在り方、特にグローバル化についての話などが入ってくることもままありますが、僕は聞き流しています。二十一世紀半ばに入ろうとする電通はもう「僕の電通」ではありませんし、これからの若い人々に新しい素晴らしい電通をつくってほしいからでもあります。

まあ古いアメリカ軍人（ダグラス・マッカーサー）の言葉を借りれば、〝老兵は死なず、ただ消え去るのみ〟といった心境でもあります。

話は少し戻ります。外の方からは、電通が見えにくいということを書きましたが、それはなぜでしょうか。どこであれ、大きな組織というものは外部の人には見えにくいことは確かです。別に電通が特別ではありません。ただ僕が思うのは、電通という会社は、後で詳しく書きますが、広告会社とひと口に言ってしまえばそれまでですが、部局部局が複雑に存在していて、まるで違う仕事をしている会社が、電通という名前の下に一つの会社として機能していると僕には思えるからです。これはおそらく間違いないことです。テレビ局であれ、新聞社であれ、それはいえることなのですが、広告代理店というのは、そうした比較的見えやすいマスコミと違って、職務上まったく違う会社といってもいいような機能をもった集合体が一つの企業になっているので、社外の方はもちろんのこと、社内の人間ですら非常にわかりにくいことが大きな原因かと思われます。

〝電通が日本を動かしている〟などというトンチンカンなことを書かれた方がおられたのも、こうした複雑な組織を見誤ってしまったからだと思います。

こんなことも含めて、そろそろ昭和四五年という、あの懐かしい時代へ船の舵を切っていきたいと思います。皆さん、船酔いに気を付けてくださいね。

さて昭和四十年代と今では、電通とは関係なく、何が一般社会でいちばん大きく違うでしょうか。僕はデジタル社会とアナログ社会の違いだと思います。僕でなくても、誰でも大半の人々はそう思うでしょう。昭和四十年代といえば、テレビこそあったとはいえ、パソコンも携帯もなく、固定電話が出てきた（東京と大阪がつながった）のは明治三二年のことですから、昭和四十年代はコミュニケーションの場面では明治三十年代と基本的には変わらなかったといってもいいかもしれません。

そうはいっても、日本中が焼け野原と化した敗戦からわずか一九年の後にオリンピックを大成功させ、そのわずか六年後の昭和四五年には大阪万国博覧会を成功させたのですから、日本の勢いはすごいものがあったのです。

この大阪万博があった昭和四五年の四月に、僕は電通に入社しました。このとき、僕の耳に残っている象徴的な言葉があります。それは僕の友人からの言葉でした。僕は大学になんとか合格し、四年間の学生生活を落第もせずに無事に過ごしていました。家庭的にも僕の努力とは無関係に裕福な家庭で育てられたのですが、あるとき学校で友人に、

「お前、就職決まった？」と聞かれたので、

「電通って広告会社知ってる」と、やや間接的に答えました。

確かにまだその頃、電通という〝広告屋〟を知らない人々も大勢いました。電電公社のことだと思い違いされたこともずいぶんありました。

するとと友人がひと言、

「なんでお前、すごい条件に恵まれているのに、そんな、…ヤクザ会社に行くの？」と言うのです。

友人の言う〝ヤクザ〟という意味は、ひとつにはまだまだ広告会社というものが社会的に低いイメージをもたれていたということ。もうひとつは、もしかしたら「鬼十則」のイメージもあって電通という会社に、荒っぽい体育会的風土の会社というイメージがもたれていたのではないかと思いました。

僕は友人の言葉にもさほどショックを受けませんでしたし、その言葉によって電通入社を止めようなどとは夢にも思いませんでしたが、広告業という仕事が社会的に低いイメージをもたれているらしいことに不快な思いをさせられました。今思えば、広告を事業とする会社が高いイメージを持ち始めようとしていた頃の出来事でした。

僕は、この時はすでに亡くなられていましたが、電通中興の祖として社内で絶対的な信頼と尊敬を集めていた吉田秀雄氏が書かれた「鬼十則」を知りませんでした。電通受験者としてはとんでもなく不用意なことでした。

しかし本書を読んでいただく以上、どんなことがあっても、この十則を紹介しないわけにはいかないでしょう。これはたとえばキリストの話をして聖書の話をしないようなものというのも、大げさかもしれませんが、とにかくまず「鬼十則」の紹介をしましょう。

電通鬼十則

昭和二六年　吉田秀雄作

一、仕事は自ら「創る」可きで　与えられる可きでない
二、仕事とは　先手先手と「働き掛け」て行くことで受け身でやるものではない
三、「大きな仕事」と取り組め　小さな仕事は己れを小さくする
四、「難しい仕事」を狙え　そして之を成し遂げる所に進歩がある

五、取り組んだら「放すな」　殺されても放すな　目的完遂までは

六、周囲を「引き摺り廻せ」　引き摺るのと引き摺られるのとでは永い間に天地のひらきが出来る

七、「計画」を持て　長期の計画を持って居れば忍耐と工夫とそして正しい努力と希望が生まれる

八、「自信」を持て　自信がないから君の仕事には迫力も粘りもそして厚味すらがない

九、頭は常に「全廻転」　八方に気を配って一部の隙もあってはならぬ　サービスとはそのようなものだ

十、「摩擦を怖れるな」　摩擦は進歩の母　積極の肥料だ　でないと君は卑屈未練になる

まあ、なんとも凄まじいばかりのビジネス語録です。これが戦後間もない昭和二六年に書かれたというのですから、なんとも頭が下がります。そしてこの十則はやがて電通が体育会的な、やや荒っぽい社風となっていくことに力をもつことになります。しかし電通というまだまだ当時は小さな、世間に知られていなかった広告屋が、この鬼十則によって日本一の広告代理店になっていく大きな起爆剤になっていったことは間違いありません。

二〇一八年の現在においても、いまだに若い社員たちの聖句になっているかどうかは、僕にはわかりませんが。鬼十則を今後は積極的に取り上げないという社の新方針を最近聞いたとき、僕は少し寂しい思いに捉われました。

吉田秀雄については、小説家永井龍男氏が『この人、吉田秀雄』という伝記を文藝春秋社から出されています。吉田秀雄は東京オリンピックの前年に早逝しましたが、この人が長寿であったなら、また別の電通になっていたかもしれないと思うほど時代を見ていた人でした。

さて、僕の若い友人が言った〝ヤクザ〟な会社電通に、僕は吉田の死後だいぶ経っていましたが、鬼十則の社風の下、入社しました。その前後だったか、電通の社屋は銀座から築地に移って新築され、丹下健三氏の設計されたこのビルは、この年の日本建築学会賞を受賞しました。

今見ると、なんということもない小規模なオフィスビル（失礼）なのですが。現在このビルは売却され、歳月を感じるばかりです。

この築地ビルは、売却される前、しばらく子会社のビルとして使用され、その後、本社は、聖路加病院が経営していた（現在も病院が経営している）聖路加タワービルにしばらく滞在し、そして十数年ほど前に汐留に本社ビルが新築され現在に至っています。

話は戻りますが、電通に入社すると今でもおそらくこうだと思われますが、東京本社採用の者は、鎌倉にある研修寮に三日間ばかり寝泊まりさせられて新入社員教育というものを受けました。いってみれば〝正しいサラリーマン、正しい電通人〟としての研修です。もちろん研修自体は社に帰っても、一か月以上いろいろあったのですが、海風に吹かれる寮での研修は楽しい思い出でした。

さて、その社内外における二か月間にわたる研修で、新入社員たちは日誌を書かされました。実はこの日誌こそは、僕個人に言わせてもらえば、僕の電通生活を、もっと言えば小説家の端くれとしての僕の全人生を決めたものといってもオーバーではありませんでした。というのも、この巨大で複雑な組織、僕には外部の人たちと同じように正体が見えなかった電通という会社の中で、その頃の若い僕でさえ仕事の中身の正体がはっきり見えていたクリエーティブ局に配属されることになったきっかけになったものでしたから。というのも、僕は研修日誌の第一日目から、ほんの数行ずつ毎日、その日の新聞広告の中で、〝僕のいちばん気に入ったコピー〟という文章を書き続けたからです。他にほとんど何も書きませんでした。上司というかリーダーと呼ばれた研修指導者の先輩たちから見れば〝この男はいったい研修で何を聞いているんだ〟となったと思いますが、一方では、〝もしかしたらこの男、コピーの才能がほんのひとつかみ程度はあるのかもしれない〟と思われたかもしれません。

そんなわけで、井上卓也という一人の新入社員はクリエーティブ局に配属されることになりました。

クリエーティブ局とはなんぞやということは、また後で電通の組織を説明する箇所で詳しく書かせていただこうと思っています。

そんなわけで、大学を卒業して、いよいよ僕の社会生活の第一歩、サラリーがもらえる生活の第一歩の〝航海〟が始まったのです。先にも書いたように、この本は僕の自伝ではありません。ただ、僕の経験を書くことによって、電通というか、広告代理店の仕事というものが極めてわかりやすくなることもあります。そういうときには遠慮なく自分のことも書かせていただこうと思っています。

たぶん僕と一緒に入社した新入社員は百数十名、いろいろな大学からさまざまな経験をした若者たちが集合したことと思われます。この百数十名が複雑な電通の各部署に散っていったわけです。この百数十名も、今ではおそらくよほど特殊な部署に専門家として残っている者は別として、もう誰も電通にはいません。それどころか、遠く旅立っていった者もすでに少なくない人数いるという事実は、実に寂しいものがあります。

第一章　電通の組織

今、電通でもどこの大会社でもおそらくそうですが、世の中のデジタル化とグローバル化の道から外れないように、懸命な組織変えがなされている最中だと思います。僕はそういうことにはさっぱり疎い人間なので、僕の働き盛りの頃、二十代から五十代はじめまでの電通の組織のことをご説明しようと思います。今は見えない会社電通も、その頃は今よりり見えていた気がします。少なくとも僕のようなアナログ人間にとって。そしてこの旅についてきてくださったアナログ系の方々にとっても。

その頃(今でも?)、電通は広告会社でした。広告会社とは顧客(クライアント)にコミュニケーションサービスを提供する会社です。顧客というのはメーカーばかりでなく、会社や役所や都市や映画会社やエンタテイメントプロダクションなど、無数に存在します。書き出していたらきりがありません。顧客の種類を詳しく書いていたら、この本の頁の半分くらいを占めてしまうでしょう。極端に言えば、政府からオリンピック、大自動車メーカーから街の電柱広告まであるわけですから。これは電通に限らず、どこの広告代理店とも、繰り返しますが規模こそ違え、同じことです。その無数の顧客から、たとえば機械メーカーならばスーパーコンピュータから、食品メーカーならばチョコレート、キャラメルまで、すべてのモノを売るためのコミュニケーションサービス案を要求する仕事が舞い込んできます。コミュニケーションサービスとは〝人にモノを伝える〟ためのアイデア探しの作業です。メーカー以外からも人を売るためのビジネス――物騒な言い方ですが、選挙の仕事が政党から来ます。もうとにかく書き出したらきりがないのでこの辺で止めにしますが、僕は世の中の人で、何か人にモノを伝えたい気持ちをもっている人すべてが顧客だと思っています。

広告代理店の仕事というのは、当たり前ですがメーカーのようにモノを作る仕事ではありません。車から選挙からロックイベントまですべて、人にモノを伝えるためのアイデア探しをする仕事です。格好良く言えば、〝ブレイン〟の仕事です。手は必要ありません。アイデア探し、このひと言に尽きます。顧客からの無数の要求にアイデアで応える、これが電通をはじめとする広告代理店の仕事です。

その一・営業局　― 営業は太陽である ―

営業は電通では太陽という言い方をされます。どんな会社だって営業はある意味でその会社のビジネスの中心なのですが、電通の場合、特にそうです。無数にある顧客――といってもできるだけ大きな予算をもっている顧客に潜り込んでいって、その顧客が大衆に向かってどんなコミュニケーションのアイデアを望んでいるのかを見つけてくるといった最難関の仕事といってもよいでしょう。もっとわかりやすく言えば、ある自動車メーカーがファミリー向けの大衆車のセダンを開発中だというニュースを聞けば、その自動車メーカーに飛んで行って、どういうコンセプト（モノの考え方）で、どういう表現で、その車を売りたいのかについての、大雑把な話を聞いてくる、これが営業のいちばん大きな仕事です。もちろんどのメーカーにも飛んで行けるわけではなく、個人にそんな体力もありませんが、実際には大きな顧客ごとに○○部という部長の名前が付けられた部屋があり、十人余りの部下が走り回っているわけです。しかも電通の部長は、顧客の上層部の大きな期待を正確に捉えて、このファミリーカーの購買者に対する、自分なりの売り方のコンセプトをつくりあげねばなりません。だから優秀な営業部長であれば、営業段階で仕事はすでに半分出来上がっているといっても差し支えありません。営業部は電通の太陽であるとも言われるのにはそんなわけがあるのです。要するに営業部長は優秀なコミュニケーションプロデューサーであることを要求されるわけで、それは現在の二〇一八年でも少しも変わっていません。変わるはずもありません。

ただし、その優秀な営業氏が力のあるコンセプトづくりをしたとしても、実際にそれを大衆の心を捉えるコピーにしたり、CMを企画したりするのは、僕が属していたクリエーティブ局の仕事です。

その二・クリエーティブ局 ―スターになるか埋没するか―

クリエーティブ局には、営業局から仕事が下りてきます。ただデタラメに下りてくるのではなく、たとえばX自動車を担当している営業部から(ファミリー車とは限りませんが)、クリエーティブ局のX自動車担当部に下りてくるのが普通です。

ほとんどの場合、クリエーティブ局の担当部の部屋で、営業部長および営業担当者二、三名から、たとえば新しいファミリーカーの特長の説明と、営業部長がこの車に対して考えた売り方、広告上のコンセプトが提示されます。クリエーティブ局の方からは、クリエーティブディレクターと呼ばれる制作部長と、担当となるコピーライター、ＣＭプランナー、そして活字媒体の美術担当となるデザイナーが通常出席します。

ＣＭプランナーとは、繰り返しになりますが、テレビコマーシャルの企画と制作を仕事とする人です。制作は実際は電通がするというより、電通の提案した企画が顧客のＯＫを取れると、電通に出入りしているＣＭ制作を専門とするプロダクションが制作することになります（後に詳述）。デザイナーとは文字通りの美術担当です。多くの者が美術大学出身者で、美術表現に冴えた才をもっている人たちです。コピーライターとは、もう一般の社会の方にも説明がいらないほど普及した言葉で、売る商品のキャッチフレーズを考える者です。しかし彼らの仕事はすべて自由に考えていいというものではなく、営業部長の考えたコンセプトの下に、クリエーティブの職人たちがそれをさらに大衆にわかりやすく心に植え付けるためのアイデア探しをすることです。

その三・媒体局　―電通の財布？―

さて、いろいろ苦労した結果、広告が制作されますと、それが新聞や雑誌に載り、テレビやラジオに流され、初めて完成となるわけです。消費者の皆様に届かなければ、いくら良い広告ができても意味がありません。

新聞社、雑誌社、テレビ局、ラジオ局はたくさんありますから、何曜日の何時から放送（掲載）されるかは大変大切なことです。どの新聞の何曜日の何面に載るかによっても、読者が見るチャンスに大きな差があります。それは雑誌でもラジオでも同じです。当然、値段も全然違ってきます。テレビでたとえれば、土曜、日曜のゴールデンタイムの番組と平日の深夜番組ではまるで違います。特にテレビやラジオの場合、番組提供による場合（三〇秒、六〇秒の長いCMが流される）とスポットと呼ばれるフリータイムの一五秒CM放映ではまた放映費に大きな差がつきます。媒体部の人々は営業や顧客と相談しながらテレビCMや新聞広告や雑誌広告、ラジオCMのタイム案、掲載面の案を作っていきます。

これは、電通でも他の多くの広告代理店でもそうですが、今でも会社の大きな財源となっていると思われます。

広告媒体といってもそうした大きなマス媒体ばかりではありません。街頭広告（ネオン広告や看板）もあります。デジタル時代ですからスマホやパソコンなどに流されるデジタル広告も膨大なものがあります。媒体局は今後益々、電通の〝財務省〟となっていくでしょう。

その四・マーケティング局と電通総研

各種の商品の売上げの現状とか、その業界におけるランキングとか、人気とか、その商品を取り巻くあらゆる基礎的、商業的なデータを研究している局です。要するにその商品の現在のエネルギーや将来の運命などが、ひと目でわかるような調査をする局です。マーケティング局の調査データによって、営業局やクリエーティブ局のものの考え方がまるで変わってきます。あくまで政治とは関係なく、商業的な調査局です。商品以外にも社会現象などの調査もします。繰り返しますが、政治的なものとは無関係です。無数の顧客の、あらゆる商業的ニーズにお応えできるようにしています。

僕はこの局がもっとアカデミックな、本当の意味での学問的研究所になったものが、電通総研だと思っています。社内大学みたいなものですね。博報堂さんの生活総合研究所と似たようなものかもしれません。もっとも生活総合研究所のことは詳しくは存じあげないので、めったなことは言えませんが。

その五・オリンピック局やサッカー局　―イベントは電通の華―

僕が勤務していた電通を辞めてから八年の間にいちばん大きな違いを感じるのは、電通のイベントビジネスへの力の入れようです。音楽イベントはもちろんのこと、オリンピックから、サッカーから、地方のお祭りに至るまで。

オリンピックは四年ごとのことですし（冬季を入れれば二年目ごと）、特に次回の夏季オリンピックの東京開催が決まったこともあるし、もっと詳しく言えば隣国（韓国の平昌《ピョンチャン》）で閉幕したばかりの冬季オリンピックもあったので、ふだんでもそうですが、この四年間は特に、二年に一度という感じが強いです。電通は昔からオリンピックには特別に力を入れているので、オリンピックイヤーは僕が在籍していたときから大変な騒ぎでした。なにしろ顧客からの収入が莫大だからです。顧客というより、この場合はスポンサーと言い換えたほうが良さそうですが。

僕は、その昔、落選した大阪オリンピックのコピーの仕事にちょっと参加したことがありますが、やはり社内の人間としては大変な関心をもっていましたし、今や社外の人間としても、一昨年の東京開催決定プレゼンテーションには大きな関心をもち、まるで我がことのように半徹夜してテレビ中継を見て、大喜びしたのを覚えています。若い人たちのプレゼンの準備の大変さに想いを致したことも確かです。簡単に言えば大喜びでした。その瞬間だけは電通社員に戻った思いでした。ただ、今頃になって、どこどこの○○氏に裏金云々の外信が流れて騒がれましたが、その裏話にはまったく興味がありませんし、電通の潔白を信じています。いずれにしてもオリンピック局は今、大変な仕事の量が溢れ返っているでしょう。

その他、社内自由人タイプの人を集めたプロデューサー局というものがあり、自由人にモノを考えさせて金脈を掘り当てようなんて実に電通らしい鷹揚なところでした。

それに、もちろん電通といえども、ある意味では普通の会社でしたから、経理局、総務局、人事局などの、どこの会社にもある部署もありました。言ってみれば縁の下の力持ちの局でしたが、こうした地味な局に勤務されていた方々も大変な努力を強いられていたことも確かだったと思います。なにしろ、会社が会社でしたから。

また話が戻って恐縮ですが、どうしても新入社員の頃のことを思い出します。これは僕の経験ではありますが、僕の伝記ではなく、電通という会社の電通らしさを表すことなのでお許しください。

研修が終わって現場に配属されてすぐの日、僕は局長（この頃はものすごく偉い人に見えました）に呼ばれてこう言われました。

「おい、今村という先輩がお前の部屋にいるから、お前は今村にくっついてしばらく勉強しろ」

とのことでした。僕は早速、部屋に向かい、今村さんにご挨拶をしたのです。すると一〇歳くらい上に見えた今村氏は、新入社員の僕にとても丁寧に、

「あなたが井上君ですか、こちらこそよろしく。楽しくやりましょう」と言ったあと、

「ちょっとそこまでお茶を飲みに行こう」と言われました。体育会気風の会社でしたから、自分が君づけされたことにまず驚き、大変な紳士の方が自分の指導についてくれたことに喜びを感じました。先にも書いたように、本社は築地に引っ越していましたが、五分の一

くらいの社員はまだ銀座ビルに残されていて、僕は*銀座ビル（註・かつてスパイ・ゾルゲが在籍していた）の七階に配属されたのでした。

この銀座電通ビルの目の前に大変有名で上品な喫茶店「ウエスト」がありました。今でも、その頃と少しも変わらずに営業されています。

ウエストに着くなり、今村氏はコーヒーを二人分注文され、僕の出身校や趣味や読書について尋ねてきました。僕が適当に答えていると、「君は映画を観るかい」と少し改まって尋ねてきたのです。僕は映画が好きだったので、少し自慢げに、映画は年に八十本ほど観ることを伝えました。すると今村氏は「へー、よく観てるんだね」と言われてから、「これは観た？　これは？」と三本ほど映画のタイトルを尋ねました。僕は、今村氏から尋ねられた映画は一本も観たことがなかったので、「いいえ」と首を振ると、

「君も、もう世の中に出たのだから、映画の話はしないことだね」

と、驚くべき言葉を返してきたのです。今の今まで優しい先輩に思われた方が、僕には趣味を押しつける嫌らしいおっさんに急変したのです。そして、このことを社内のある方に話すと、「え、お前、今村さんっていうのは本名だけど、あの人は有名な映画評論家でペンネームは石上三登志だよ。お前も知ってるだろ、あの有名な」と、これまた驚くべき

ことを言うのです。僕はすっかり混乱してしまい、「これは大変な会社に入ったな」と打ちひしがれてしまったのです。今村氏に聞かれた映画のタイトルは、一本は忘れてしまいましたが、二本はよく覚えています。一本はスタンリー・キューブリック監督の「二〇〇一年宇宙の旅」、もう一本はジョン・フォード監督の「駅馬車」でした。もう一本は残念ながら今村氏が数年前にこの世を旅立たれたために、もう永遠にお訊きすることができません（もしや、サムペキンパーの〝ワイルドバンチ〟か？）。この当時の若き映画評論家石上三登志さんは淀川長治氏に「ずいぶん映画を観てきたけれど、アメリカのエンタテイメントについての知識は石上さんにはとても敵わない」と言わしめた方でした。でもこちらはそんなことは夢にも知りませんでしたから、これはヤバイ人の下についたな……となったわけです。電通にはいろいろな人がいたことをまた後にも少し書きますが。そしてその日から今村氏のアシスタントを務める仕事が始まったのです。今思えば、なんと贅沢なことだったでしょう。今村氏はふだんは相変わらずとても紳士でした。僕にもとても優しかったのですが、すでに僕は身構えていたのです。

そのうちにある有名食品会社から仕事が入ってきました。消費者に、夏の商品、めんつゆをお中元に使ってほしい、そのためのテレビコマーシャルの企画案がほしいという、プレゼンテーションの仕事でした。僕は営業担当の若い方と今村氏と三人で顧客のもとに伺い、夕方遅くなった帰りに今村氏から、「井上君、一週間渡すから君は君なりに考えてみてください。僕は僕なりに」と言われて、そのまま今村氏は帰宅されました。

それから一週間、僕はひどく緊張してその企画に取り組みました。やがて一週間が経ち、会社で今村氏から「井上君、何か考えてきた?」と優しく言われたのです。

僕は緊張して、考えてきた一〇案以上の企画書を今村氏に見せました。氏はパラパラっとそれを一〇秒ほどめくると、何も言わずに、そっぽを向いてしまいました。実はその後の今村氏の僕に対する言葉もかなり衝撃的でした。僕は今村氏に、

「あの、どうでしょうか、ご返事ください」と言ったのです。すると今村氏は、

「オレが返事するモノを持ってこい!」と一度怒鳴ると、そのまま席を立ってしまいました。おそらく氏にとっては、僕の企画案のレベルの低さに呆れたと思うのですが、これは僕が生まれて二二年、初めてのテレビCMの企画書なのですから、天才でもない限り仕方ないではないかと思って、僕は氏の対応を恨みました。それからまた一週間経って再び同じシチュエーションがやってきました。僕は恐る恐る今村氏に企画案を提出したのですが、その時、今村氏に言われた言葉は、生涯、記憶に残るものでした。僕が現在、はしくれと

はいえ、小説家として生きているのも、そのひと言のお陰と、氏に感謝しています。

氏の言葉はこんなものでした。

「あのねぇ、井上君、CMというのはエンタテイメントなんだ。人がおもしろいって思うことは、どういうことなのか考えてくれよ」

この言葉は、わずかとはいえ、はっきりと僕の眼を開かせてくれました。おもしろいってなんだろうかと。コミュニケーション、つまり人にモノを伝える基本はエンタテイメントなんだという今村氏の哲学の下、僕は氏の下で厳しい言葉、時には優しい言葉をかけられながら三年を過ごしました。そしてこの三年こそは自分の一生を決めたものでした。「刑事コロンボ」という、NHKで長年放映されて国民的人気を博していたテレビドラマも、今村氏が自費でアメリカに行って買い付けて、NHKに売り込んだものでした。僕は「ウエスト」で、この話を何回か聞かされました。この会社には、どうもとんでもない人がいるらしい……。僕は新入社員の年に、そのことを知ったのです。

やがて、そのプレゼンテーションの締切りの日が迫ってきました。僕にはまだ何の名案も考えられませんでした。すると営業の若い人が、

「井上君、そろそろ締切りだけど、アイデアの方はどう?」と尋ねてきました。今村氏は

不在でした。今村氏が帰社してから僕はそのことを今村氏に伝えると、

「あ、そう。これを彼に渡しといて」

と、一枚の紙を僕に渡しました。僕はその紙を見た瞬間、また衝撃を受けました。

紙にはたった一つ、涼しそうな冷たいソーメンがガラスの器に入っている絵が描かれていました。めんつゆの名前は〝めんみ〟というものでしたが、そのソーメンの絵の横にたったひと言、セミの鳴き声が「めんみ～♪　めんみ～♪」とあり、「めんみの季節がやってきました」とだけ書かれていました。

僕はそのとき初めて今村氏の言われた〝CMはエンタテイメントなんだ〟という言葉を脳みその中に叩き込まれたのでした。このCMはすぐ顧客のOKが取れて、その年のACC（全日本CM協議会）の優秀作に選ばれました。何千本という応募CMのうちの二十本くらいの中に。

＊僕の小説『暗号名「鳩よ、翔びたて」』（文芸社刊）にこの辺りのことが詳しく書かれています。

第二章　楽園と泥沼

仕事にもだんだん慣れてくると、会社のいろいろなことが少しずつ見えてきました。そのひとつは、今書いたように、それなりの怖さを味わったとはいうものの、僕は社内の〝楽園〟に配属されたらしいということでした。僕はもともと映画を観ることや小説を読むこと、そして音楽を聴くことが大好きでした。つまり表現芸術が好きだったのです。あまり難しいものは苦手でしたが、今村氏の言っていたエンタテイメントはどんな分野でも嫌いではなかったのです。ところが僕が配属されたクリエーティブ局は、そういうアートを利用しながら、いろいろとコミュニケーションアイデア（人にモノを伝えるアイデア）を考えたり探したりすることが仕事だったのです。つまり趣味を仕事として給料がもらえるという夢のような部署でした。ビジネスですし、いろいろと難しい面倒臭い顧客はいたにせよ、楽園だったといっても言い過ぎではなかったかもしれません。とにかく、どんな顧客の仕事にせよ、ものごとを表現する仕事に就いていたのですから。何度ものやり直しもありました。表現することが嫌いで、紙芝居のようなわかりやすすぎるストーリーでできたＣＭを作るよう要求してきた顧客もありました。しかしそれにしても、無理に言えば表現と言えないこともありませんでした。

我々、クリエーティブ・スタッフに申し訳なさそうに頭を下げる営業もありました。逆に、顧客の要求になぜ従えないんだと怒鳴り込んでくる営業部長もいました。なにしろ、彼らにとっては何よりも大切な〝お客様〟でしたし、顧客の要求はどんな低レベルのものであれ、担当営業にとっては日々のメシの種であったわけですから。

しかし考えてみれば、これも大きな運の結果ともいえたのです。表現することが大好きでも、営業に配属された者も多数いました。今でもいます。逆に営業をすることが大好きで、どんな顧客が相手であれ、生き生きと日々の仕事に駆け回っている者もいました。人それぞれなのですから、当たり前です。それでも僕は表現する作業が大好きな人間が営業に配属されたのは気の毒に思いました。

もちろん顧客によっては、その会社全体がある意味で表現することが大好きという社風の会社もあり、そんな顧客にそういうタイプの人間が担当しているときには、とても幸せそうに見えました。でも僕の場合でいえば、もし営業に配属されていたとしたら、そういう良い顧客に恵まれた場合は別として、難しくて、頑固で、無理な要求を毎日のようにしてくる顧客を担当させられていたとしたら、自分はいったいいつまで我慢できただろうかと、自身の幸せを思ったこともあります。それは大げさに言えば、その不運な彼にとっては、泥沼に浸かっているような毎日であったに違いありません。

あるとき、JRのあるキャンペーンの、成功した仕事に担当の一人として参加しました。JRさんの〝大きな心をもった〟担当者のお陰で仕事はスムーズに進み、別に僕の力のせいではなくいろいろな幸運が重なっての成功作業でした。月曜日の朝一番の営業会議（JRを担当している営業局）に参加して、その成功キャンペーン例をたまたま僕が代表して報告するという晴れがましいことになりました。

JRばかりでなくさまざまな顧客を担当する営業部長や部員たちが三十人ほど出席していたでしょうか。その会議にたまたま営業成績に非常に厳しいことで鳴る役員が出席するということでした。僕は成功例の報告者としてクリエーティブ局という他の部局から参加していたのですからお客様みたいに気楽なものです。ところが営業の担当者たちは皆青い顔をしています。

僕が一番バッターでその役員氏に、僕もスタッフの一員として参加したそのＪＲの仕事の成功の原因を僕なりに分析した報告をすると、役員氏は、

「そうか、井上、よくやった。こういう話は聞いていて実に気持ちがいい。朝から爽快だ」と褒めてくれました。当たり前です。大きな営業収入が入ってくるのですから、営業もクリエーティブもありません。ところが次にある大きな電機メーカーの担当営業部長がややうつむき加減でぶつぶつと小さな声で、

「今月は宣伝部長の○○様が体調を崩されていて……云々」と、その月の営業収入の減少の原因を話し出した途端です。

「田中（仮名）！　バカヤロー！　言い訳するな、今すぐこの会議を退席して○○さん（顧客名）に行ってゴミ溜まりを漁ってこい！」

と、怒鳴り散らしました。どの会社にも厳しい役員はいるでしょうから、よくある会議風景といえないことはないのですが、簡単に言えば、「あー、俺、営業でなくて良かった……」というのが僕のそのときの気持ちでした。もちろん友人の中には怒鳴りちらされようが何をされようが営業が大好き、「あー、クリエーティブなんて行って毎日徹夜してコピーなんて考えさせられなくて良かった」と言う者もいましたし、そういう厳しい会議の

連続が電通の巨大な営業成績を支えていたのは確かなことですから、これは一概に言えることではなく、あくまで僕個人の感想に過ぎないのですが。それにしても営業の人たちにはご苦労様というか、同じ給料をもらって申し訳ないなという気分にもなりました。楽園と泥沼なんていう見出しをつけましたが、営業にはクリエーティブよりも遥かに大きな成功例が山のようにあって、その山の積み重ねが電通をつくっていたからこそ、営業は太陽と言われていたわけです。まさにそれはまったくそのとおり。明るい顔をした営業が胸を張って社内を闊歩している姿を今でも思い出します。

第三章　プレゼンテーションとは何か

―プレゼンテーションとは電通のすべて―

　プレゼンテーションという言葉は、今ではごく普通の日本語になってしまいました。別に広告会社でなくても、いろいろな会社の社内で〝説明会〟程度に使われています。しかし、つい何十年か前には、プレゼンテーションという言葉は、アメリカから入ってきた広告代理店業界の専門用語でした。つまり繰り返しになりますが、顧客が自分の所で作った商品（とは限らないが）を宣伝するために、宣伝する仕事を専門としている会社に、代理に宣伝業務を頼み、その宣伝の方法のアイデアを考えさせるための対価としてサービス料を払うこと。これがプレゼンテーションでした。これがいつの間にか拡大解釈されて使われるようになり、単なるアイデア会議、説明会議を指すようになったのです。

　そんなわけで、電通に限らず広告代理店にとってはプレゼンテーション作業は、その営業基盤の根幹に当たるわけです。すべてと言っても言い過ぎではないでしょう。

僕が若い頃には、競合プレゼンはあまりありませんでしたが、今では競合が当たり前です。例外としては、ここしばらく電通が一手に扱っているオリンピックぐらいなものでしょう（都市を決める本プレゼンは御存じのように競合です）。

仕事が一つ入ってくると、いったいどの代理店が競合相手なんだというのがとても気になります。電通にとって博報堂のようなライバル代理店が競合相手とは決まっていません。大手、中堅のさまざまな代理店が競合相手となります。聞いたこともないような（失礼）小さな代理店が競合ということもあります。そういう場合はたいてい、顧客が自分のところで下請け会社として経営している傘下の代理店がほとんどです。しかし、小さいからといって油断はできません。僕自身もそういう代理店に苦汁をなめさせられたことがあります。顧客にしてみれば、電通だから、博報堂だからといっても自分たちにとって使い勝手が悪ければ使う必要はないわけですから、どこが競合相手であろうが、緊張感は同じです。それに競合相手が数社あるなんてこともざらですし、僕の経験でいえば、競合相手が十何社というようなこともありました。そういう顧客は多くの場合、お役所でした。お役所としてはなるべく各代理店に公平にチャンスを与えるというのが建前ですから。

さて、具体的なプレゼン作業のことはこの後に書くとして、プレゼンとは、ある意味でとても残酷な作業です。勝負の世界というものはすべてそうだともいえるのですが、簡単にいえば、百かゼロかなのです。大きなプレゼンでいえば、広告予算一〇〇億円近い仕事も時にはあります。ある大企業が社運を懸けた広告のプレゼンを依頼してくる場合も珍しくありません。そういう作業の場合には、各代理店がその会社の精鋭を集めてチームを作ります。営業担当者は毎日のようにその顧客の所に出かけ、少しでも有利になる情報はないかを文字通り夜討ち朝駆けで通いつめます。それはどの代理店も同じです。というのも、プレゼンというのは勝者は一社、あとは敗者しか残らないからです。そのすべての宣伝予算は、すべて勝利を得た代理店一社に渡り、敗者はどこも収入はゼロです。つまり百対ゼロ。気持ちがいいといえば格好いいですが、敗者の各代理店ではおそらく戦犯探しが始まるでしょう。

それとクリエーティブの立場でいえば、その作業の勝利によって、社内でスターになる大きな機会ともなっていくのです。電通にはこうした作業の成功でスターに昇りつめていった者が多数います。つまり巣の中で雨宿りしていたスズメが、光あふれる大草原へ舞い降りる鷲となる機会ともなるのです。

さて、競合ではないプレゼンの場合は、勝負の結果の心配はないわけですから、顧客からいろいろな注文がついたとしても、ある意味のびのびできます。トータル予算はすべて自社に入るわけですから、あとは一部の手直しでハイ終了です。

しかし競合となるとそうはいきません。プレゼンが終了すると、顧客の担当者から、「結果につきましては、社内で検討しましてできるだけ速やかにお知らせいたします」となるわけです。これもプレゼンの間、なかなか雰囲気が良かったなんていうのはまるでアテになりません。九〇パーセント勝ったと思ったプレゼンで敗けたプレゼンもあります。

だいたい、良い結果は早く、悪い結果は遅いというのがこの業界の習いですから、待つほうはヒヤヒヤです。プレゼンが終わると制作陣はすぐ帰りますが、営業陣は少しでも良い話を聞こうと、そのまま顧客先に残るのが普通です。早い場合はその日の夕方、「うちに決まった」という営業のニコニコ顔が見られることがありますが、僕の経験でいえば勝利報告は次の日の午前か午後が普通です。営業の者がクリエーティブに来る途中の表情で勝敗の結果はわかってしまいます。

四、五日も経つと、まず九〇パーセントは落第。顧客としてはできるだけ感じの良い敗北の理由を代理店に知らせたいので、時間をかけるのです。

「うーん、あと一歩だったんだよな。来年は大いに期待してくれよ」といったかたちのものです。

なにしろ百対ゼロですから、その待ち時間のハラハラドキドキのストレスは大変なものがあります。敗れた後は、反省会といえば格好いいですが、戦犯探しに近い悪口が叩かれていたことがあったのも事実です。

それでは具体的なプレゼンテーション作業へと話を進めていきましょう。僕はここで、もう二十~三十年昔の話になりますが、現在でもキャンペーンの名前が残っていたり、そのCMのテーマ曲が去年（二〇一七年末）の紅白で歌われたりしている、いわゆる大プレゼンテーションについてお話ししたいと思います。というのも、ソフトバンクのワンワンシリーズのようなここ十年大人気を博し続けているようなものを扱ってもおもしろくないし、僕自身が詳細を知らないからでもあります。

これから取り上げる懐かしいテレビCMは今でもよく知られていますが、実は僕が担当したり、アシスタントを務めたものばかりです。自分の伝記を書くつもりは毛頭ないと言いながら、電通らしい大プレゼンテーションは詳細を知らないと書けないし、実は今でも、その仕事の本質は何も変わっていないからです。変わったことといえば、そのプレゼンの現場で、デジタル系のテクニックを使っていることぐらいの、枝葉末節的なことと思われます。自分が担当しなかったプレゼンの話を外から書くと、いくら電通の作業といってもどうせまたトンチンカンな知ったかぶりをすることになってしまうからです。

プレゼンテーション　その一　―エキゾチック・ジャパン―

一昨年（二〇一六年）の大晦日の紅白歌合戦で、郷ひろみさんが男性軍のトップバッターとして〝二億四千万の瞳〟という、彼の代表曲のひとつを歌いました（実は昨年二〇一七年末も連続して紅白で歌われました）。僕はその曲を聴きながら、少し涙を流している自分に気が付いて、思わず赤面しました。というのも今からすでに三十年以上も昔、一九八七年に、国鉄は事実上民営化しました。その民営化の国民へのお知らせキャンペーンがエキゾチック・ジャパンのキャンペーンであり、そのキャンペーンのテーマソングが、〝二億四千万の瞳〟であり、そのキャンペーン担当広告代理店が電通であり、僕もクリエーティブ局のテレビCM担当者としてそのキャンペーンに隅っことはいえ、深く関与していたからでありました。言ってみれば、電通入社以来初めて国民的キャンペーンに参加する機会を得たわけでした。国鉄民営化の政治的な裏側でのいろいろな動きについては、営業担当者や電通の役員たち偉い人々はともかく、僕は噂程度のことしか知りませんでしたから、ここには一切書きません。もっと言えば役員さんたちも深くは知らなかったと思います。電通というのは、というより広告代理店というのは、あくまでも受け身のサービス会社ですから。

この頃は、このような国民的プレゼンテーションは、ほとんど競合ではありませんでした。オリンピックのように、最初から担当代理店は、電通だった気がします。

さて、このプレゼンテーションにおける電通のクリエーティブ側には一人の絶対的ともいえるリーダーがいました。つまりコンセプトメーカーです。普通、大きなコンセプトは前にも書いたように、営業部長や局長が作ってくる場合も多いのですが、このプレゼンの場合には、その絶対的なリーダー小田桐昭氏がある意味でのコンセプトメーカーでした。彼はフリーのイラストレーターとしてもすでに当時、各新聞にその作品が掲載され、有名人でもありましたが、同時に電通社員でありただのクリエーティブ・ディレクター(制作部長)でもありました。

今から考えると、これは僕の妄想かもしれませんが、彼は自分では現場はほとんどやらないと決めていたようなところがありました。現場は井上(僕)やS氏(故人。後に大デザイナーとなる人）に任せておけばいい。俺がやることは、このキャンペーンのプロデューサーを決めることだ。このプロデューサーを誰にするかで、この作業の成否は完全に決まってしまう……と考えていたと僕は思っていました。プロデューサーとはいったい何をする人なのかは、後にまたお話しするつもりですが、小田桐氏のこの考え方が、まさにこの国民的キャンペーンを、国民の誰もが知る大広告へと導いたからです。

小田桐氏はあるとき僕を呼んで、「五木寛之先生と会いたいんだけど、何かチャンスがないかな」と言ってきました。五木寛之とは当時、大人なら国民の誰もが知る大物語作家でした。当時五〇歳くらいか、書く作品書く作品がすべてヒットするという超一流作家でした（今でもそうです）。小田桐氏は僕の父親が作家だったので、もしかしたらいわゆるコネがないのかなと思われていたのかもしれません。僕は少しだけ存じ上げている大手出版社の方に無理を承知でお願いしてみますと、ある日、あるホテルのロビーで一時間だけ会ってくださるというご返事をいただきました。

小田桐氏がなぜ五木先生に目を付けたのかは、当時の僕には深くはわかりませんが、旅を書かせたら天下一品のものがあると考えていたせいだと思いますし、旅ばかりでなく、その頃の日本を広く深く見渡せる知識人だという判断もあったと思います。

僕は小田桐氏と二人で五木先生に大ホテルのロビーでお会いしてコーヒーをいただきながら、キャンペーンの意図についてご説明しました。

五木先生は即答はなさらず、〝なかなかおもしろいですね〟とか、社交辞令的な受け答えをなさっていた気がします。しかし和やかなうちに初打合せは終わり、打合せはそれっきりで終わるかな……と思えたのですが、また二週間ほど後にお会いしてそのときに答えをくださるというようなお話で、いわば首がつながったのでした。それからおよそ二週間おきに五回ほど五木先生にお会いしました。小田桐氏の考えもあって、最初以外はすべて僕と先生の二人で、いつもコーヒーを飲みながら、一時間ほどお話しさせていただきました。食事は一度もしておりません。お話はほとんど日本国内の旅のお話でした。詳しいことは覚えていませんが、なかなか深いお話でした。あるとき、先生が僕にこんなことを言われたのです。

「井上さん、僕はつくづく思うんだけど、この頃、日本はエキゾチックだね」

とひと言。

先生の言われたエキゾチックという意味は、若い女の子向けのロマンチックな旅ができるようになったということではありません。この頃先生は、お仕事の暇を見て京都の龍谷大学へ勉強しに出かけておられました。龍谷大学といえば仏教を研究している大学として有名です。そこで親鸞とか浄土真宗とかの勉強をされたのだと思います。日本がエキゾチックだというのは、日本を旅すれば、アジアの深い文化にいろいろ触れられるということをおっしゃりたかったのだと思います。そのお話を会社に帰ってから小田桐氏に話すと、

「おもしろいね。この話を進めてくれ」

というようなことを言われました。

次の回、五木先生とお会いすると、先生はご自分用の特製の原稿用紙に先生独特の大作家らしい美しい文字で、

「高野山でインドの神々に出会った。いま日本はどきどきするほど刺激的だ。あゝ、エキゾチック・ジャパン!」

と書かれた原稿をお持ちになりました。

僕は素晴らしいコピーだとただただ驚いてしばらく黙ってしまいました。五木先生も黙っておられました。僕は先生に深くお辞儀してその原稿を大きな社用封筒に入れ、万一落としたりしたときの危険も考えてタクシーで帰社しました。小田桐氏は何も言わないで、「営業に話してくる」と言って席を立ちました。それから一時間ほどして帰ってくると、

「井上君、このコピーをCMのストーリーにしよう。君は君で考えて。それからデザイナーのSにも見せてきて」

と言われて、とても満足気でした。

「営業は喜んでた。あしたクライアントに行って話してくるって。副総裁もいらっしゃるみたいだ」

と言っていました。もう、プレゼンテーションの概略は決まったも同然。小田桐氏はそんなことを言いながらソニーレコード（当時はCBSソニー）の超有名な音楽プロデューサー、酒井政利さんに電話していました。彼の頭の中には酒井氏に頼めば、素晴らしいキャンペーンソングができるのは間違いないという計算があったと思います。

その一本の電話が、三十二年以上も歌い続けられ、紅白歌合戦に、今となっても二〇一六年、二〇一七年と連続して唄われる歌を生むことになるとは、そのときは小田桐氏も思わなかったでしょう。当然僕も。

さて、最後の国鉄の幹部スタッフの方々に提案した〝国鉄民営化キャンペーン〟広告プレゼンテーションは、これ以上はないと思われるほど成功裏に終了しました。そしてこの後はいよいよ制作に入ることになりました。当時、すでに有名イラストレーターだった小田桐氏とは別の分野で有名デザイナーだったS氏と、電通社内のはしくれ職人プランナーだった僕は、S氏が描かれた素晴らしい大壁画のようなエキゾチック・ジャパンの世界を基にして、テレビCMと大ポスターの撮影に入ることになりましたが、テレビCMはあくまで僕の仕事。S氏の描かれた〝大仏教画〟の世界を基にしながらも、それとは少し違うテレビCMストーリーを考えることにしました。それは五木先生の書かれたコピー、〝エキゾチック・ジャパン〟のキャッチフレーズを素直にストレートにフィルムに定着することでした。当時はまだ、デジタルのムービーカメラはなく、昔ながらの映画用のフィルムカメラ、大型のアリフレックス35ミリカメラで高野山山中で撮影したことを覚えています。

それは簡単に言えばこんなストーリーです。といってもストーリーらしいストーリーなんてありませんでしたけれど。S氏のポスター用スタッフと我々ムービースタッフは、高野山の宿坊に泊めていただき、テレビスタッフは、高野山にある重要文化財、インドの神、孔雀明王の前に若い美しいモデルさんを立たせて、そのモデルさんがイメージ上、孔雀明王に乗って空に飛び上がっていくという、非常にシンプルな、ストーリーというより、〝ファンタジー〟を撮影しました。撮影したカメラマンの力量も素晴らしく、オーバーに言えば、この世のものとも思えない美しい映像が完成しました。その美しい映像の上に、五木先生の書かれた「高野山でインドの神々に出会った。いま日本はどきどきするほど刺激的だ。あゝ、エキゾチック・ジャパン！」のコピーを原稿用紙の文字のまま被せて金色化しました。繰り返しますが、非常に美しくシンプルな素晴らしい映像となりました。

ここでソニーレコードの酒井プロデューサーの登場です。音楽は、高野山から帰ってきて二週間ばかりしてから、出来上がることになるわけですが、作曲・井上大輔、作詞・売野雅勇、歌手・郷ひろみという、当時の売れっ子を集めた豪華メンバーで、〝二億四千万の瞳〟が生まれたわけです。酒井氏は当時の時代を鋭く知っていた音楽プロデューサーなんだと今でもつくづく思います。

こうして顧客である国鉄の幹部たちの賛同を得て、キャンペーンは成功裏に終了しました。まあ、僕の経験からいっても、成功するプレゼンテーションというものは、大概、思いのほかスムーズにいくものです。僕は何もできなかったにしても、またもう昔のこととはいえ、このキャンペーンの関係者すべての人々に大感謝です。

僕はこのプレゼン作業が電通らしいと思うのは、顧客のご理解もあったし、営業の頑張りもあったのですが、とにかく各界の大プロデューサーたちが何人もいたのにまったく衝突がなかったこと、それにリーダーの小田桐氏の良い意味での人任せプレゼン作業のやり方でした。天下の大作家、五木先生にすべて考えていただくという大胆で贅沢な作業は電通以外では考えられないと、今でも僕はつくづく思います。

プレゼンテーション　その二　―男は黙ってサッポロビール―

「男は黙ってサッポロビール」という、サッポロビールさんの大キャンペーンが、もうだいぶ昔のことになりますが、ありました。この大キャンペーンは、残念ながら僕の電通入社前に始まったことでもあったので、参加することがほとんどできませんでした。ほとんどという意味は、このキャンペーンの最後の最後になってほんの少し関係させていただいたということで、これもまた実に電通らしいキャンペーンだな……と感心させられました。

先ほどもちょっと触れた、電通における僕の最初の師匠、映画評論家の今村昭（石上三登志）氏のアシスタントに就いて三年目ぐらいのことでしたが、ある日、

「井上君、午後は暇かい。暇だったら三船さんの所に行こう」

となんでもないごくふつうの打合せのように言うのです。三船さんってまさか、まさかあの三船敏郎さんではないだろうなと、僕は今村氏の顔を伺うように見たのですが、氏の表情はいつもと同じ平然たるものでした。

僕が「三船さんって、まさかあの三船さんですか」

と今村氏に言うと、

「もちろん三船敏郎さんだよ。井上君、僕がサッポロビールの担当しているの知ってるだろ」

と、これまた全然平気な様子。

その頃の二十代中頃の僕にとっては、三船氏に会いに行くというのは、当時のアメリカの大俳優チャールトン・ヘストンやポール・ニューマンに会いに行くようなものでした。現実に三船氏は、世界のミフネだったのですけれど。

「こないださ、サッポロの仕事でミュンヘンに行ってきたじゃん、あのときのお礼とその後のご報告も兼ねてさ。三船さん、今日は珍しく暇で、事務所で昼寝してたみたいだから」

とまるで友人に会いに行くような調子でした。僕は突然のことに緊張しましたが、今村先輩に言われて、行きませんなんて言えるわけがない。確かに今村氏があの有名なキャンペーンでは電通のＣＭプランナーの担当者をしていて、ライトパブリシティという、これまた有名な広告制作会社との共同作業でやっていることは知っていました。そのライトパブリシティの幹部をされていた大コピーライター秋山晶氏が、確か「男は黙って……」のコピーを書かれたのではないかぐらいの知識はもっていましたが、ともかく今村氏があまりに簡単に、当時日本一と言ってもオーバーではない大スターの名前を持ち出すので驚いたのです。

三船氏は当時、三船プロダクションという制作会社を世田谷の成城にもっておられました。今でも三船プロは健在です。僕と今村氏と、当時三船氏のマネージャーのようなことをされていた小嶋不可止氏と三人で成城までタクシーに乗って出かけました。

三船プロに着くと、三船氏は何か缶コーヒーでも買いに行かれたのか、ちょっと姿が見えませんでしたが、ドアをドン！と開けて勢いよく戻ってこられました。

「あれあれ、今村さん、ご苦労様。この間はお疲れ様でした」

と当たり前とはいえ、映画の中の用心棒とはまるで違う紳士。今村氏が、

「あのミュンヘンの撮影フィルムは、とにかく六時間分ありますので、六〇秒にするのは大変な作業で苦労しています。〝先生〟にもうすぐ見ていただけますので、もう十日ばか

りお待ちください」と言いました。すると三船氏は、「今村さんのなさることですから、すべてお任せします。ご自由になさってください」と言われました。その間僕は今村氏に何度目かのショックを受けたのでした。確かミュンヘンのビール祭り「オクトーバーフェスト」をテーマに撮影されたものでした。やがて十日ばかりして編集作業が終わり、顧客のサッポロビールに試写に伺うと、当時宣伝部長をされていたM氏が「何も言うことないね。素晴らしい。今村さん、お疲れ様」と言いました。

僕は電通にいなければ（失礼）、こんなプレゼンテーションの現場にはいられなかったと思います。なかにはゴタゴタした仕事のこともたまには聞いたこともありますが、顧客の電通や電通のスターたちへの信頼にはちょっと誇りをもちました。

プレゼンテーション　その三　―ネスレジャパン　違いのわかる男のシリーズ―

外資系企業の仕事もずいぶんいくつも担当しました。その中で記憶に残り、話題にもなったものが三つばかりありますが、ここではこのキャンペーンを取り上げたいと思います。その三本の中ではいちばん大きなプレゼンテーションでしたから。

これはネスレジャパンのインスタントコーヒーのCM。〝違いがわかる男〟のキャンペーンです。これが僕が今村氏の下から離れて何年かしての仕事で、二八歳くらいのときでした。外資系の仕事というと、僕の頭の中では、その会社はあくまで日本支部で、本国にある本社の指令の下に動いている会社というイメージがありました。ところが顧客であったネスレジャパンはそういう外資系企業とはちょっと違い、ほとんどの決定権をいわば日本支部であるネスレジャパンが握っていました。ネスレジャパンの本部はスイスのヴヴェイにありました。しかしヴヴェイからはネスレジャパンにあまり大きな指令は下りてきませんでした。それはスイスはヨーロッパの小国であり、したがってマーケティングの世界も小さかったので、あまり世界各地にある支部に口出しをしなかったことも理由だったのだと思います。つまり事務的な本部に徹していたということです。

そこで電通チームは、社内エリート集団だった営業チームをはじめとしてクリエーティブ局のクリエーティブ・ディレクター（制作部長のこと、以下CD）だった深川英雄氏を中心に、あまり外資系らしからぬCM企画を提案しました。商品はインスタントコーヒーです。当時はまだ家庭にコーヒー豆を買ってきて挽いて飲む時代ではありませんでした。インスタントコーヒーの粉の味の競争でした。

深川氏は「違いがわかる男」というコピーを書いて、コーヒー好きの有名文化人たちを口説きまわり、仕事の間のホッとするひと時にこれをお飲みいただいて、違いのわかる男のネスレ・インスタントコーヒー〝ゴールドブレンド〟とやったわけです。当時、こんなすごい文化人たちがCMに出るなんて考えられないというような超一流文化人が続々とこのCMに出演したので、オーバーに言えば国民的な驚きでした。

でもそのためには営業たちの大変な苦労がありました。ふつうの国内クライアントであれば、この出演者たちは国民的レベルで皆知っている人々。なかなか決心がつかないところですが、ネスレジャパンの電通営業チームは、むしろ相手の外国人たちが彼らをよく知らないことを逆手にとって、もっぱら論理一点張りで攻めまくりました。僕もテレビCMプランナーの一人として、これらの文化人の仕事の合間の情景をCMの材料として使ってストーリーにまとめ上げました。

もちろん四十年以上にもわたる仕事を僕一人でやったわけではなく、文化人ごとに担当がいろいろと替わったのですが。僕が担当したのは二、三人で、営業の部員たちが論理的に攻めまくったというのは、ネスレのインスタントコーヒーの中で当時最高級品だったゴールドブレンドという商品の組成に、その有名文化人たちの技がどういうふうに間接的に関与しているか……というやや強引ではありますが、そんな説得を顧客の外国人たちにしたのです。顧客には日本人もいましたが、幹部たちはスイス人です。その文化人たちを知るわけがないのですが、日本人なら知らない人はいないというような説得をしました。

それではどんな人がこのＣＭに選ばれたのでしょうか。それは少し後にして、簡単に言えば、ただ一人でムービーカメラの前で美味しそうにコーヒーを飲んでください……ただそれだけです。仕事はもちろん、味の違いもわかる男だと、そんな顔をしてくださいと口説いただけです。僕はそんな偉い人たちが、コーヒーのＣＭに出ているのを見ると、今見ても驚いてしまいます。いくらコーヒーという品の良い商品だとしても、こんなすごい人たちがＣＭに出ていただくことになったとは。

アメリカではついこの間までは（今でも？）プロの俳優がＣＭに出るのは恥と考えられていたのですから。後で書きますが、いわゆるタレントさんがこんなにもＣＭに出てくる国は、日本と韓国ぐらいなものでしょう。世界中のＣＭを見たわけではないですから、なんとも決定的なことは言えませんが。韓国語は少し勉強したので、タレントＣＭの多さはわかります。そして中国や台湾もやがてそうなっていくでしょう。もちろん外国の文化人やタレントを知っているわけではないですが、こんな超一流文化人が四十年以上も連続して出てくる外国のCMは見たことがありません。実を言えば、これも電通の力なのです。電通はそのあたりから世の中にはっきりパワーをもった（政治的意味ではありません。あくまで広告ビジネスで）一流会社になっていて、この会社がつくるCMならまあ大丈夫だろうと思われていたのです。それはこの中の出演文化人から聞いているのですから間違いはありません。

実は初め、ことごとく断られると思いきや、ほとんどの方々からOKをいただいたのです。僕が交渉した方は三人ほどだけでしたが。そしてつい三年前まで流れていた例の有名な八木正生氏の作曲されたダバダ～のCM音楽が、まさか四十年間も流れ続けるとは夢にも思わなかったのです。この文化人の名前を全部挙げるのもあまり意味がないので、初期の何人かだけを挙げてみます。

映画監督・松山善三氏（夫人は高峰秀子）、黛敏郎氏（作曲家）、中村吉右衛門（歌舞伎役者）、遠藤周作氏（小説家）といった錚々たる人物でした。僕が担当したのは江藤俊哉氏（ヴァイオリニスト、後に桐朋音楽大学学長）でしたが、ロサンゼルスまでご同行いただき、ロサンゼルス交響楽団とご一緒にお仕事させていただいたのを覚えています。江藤氏はユーモラスな紳士で、大変楽しく仕事させていただきました。江藤氏にはチャイコフスキーのバイオリンコンチェルト、その他を弾いていただきました。

いずれにせよ大変格調の高いコーヒーのＣＭで、別におもしろいとかいうものではありませんでしたが、つい最近までダバダ～のメロディーとともに大変目立つものでした。外資系大食品会社の電通に対する信頼とともに、ある文化人の「申し込んできた広告会社が電通だったので安心した」という言葉にも見られるように、顧客と出演者の両方から電通が信頼されていたことがこのＣＭを支えていたのは確かだと思います。別に他の代理店が信頼が足りないなどというつもりはまったくありませんが。

今までは僕が関係したいくつかのプレゼンテーションについて触れてきましたが、今度は少し毛色の変わったＣＭについて書いてみたいと思います。プレゼンテーションとは電通のすべてであると書きましたが、プレゼンテーションの勝利がなければ、繰り返しますが収入はゼロなのです。収入がゼロということは、会社を経営していけないという当たり前のこととなります。今まで書いたプレゼンテーションは競合ではありません。極端に言えばどんな低レベルの作品ができたとしても、顧客の了承さえ取れれば、顧客の広告予算のすべてが電通に入ってきます。作業はもちろん大変な努力を要するものだとしても、一種気楽な面はあったわけです。敗けることはないわけですから、収入は約束されたも同然です。今までの三例のうち、「男は黙って～」は最初から参加していたわけではないので、知らないのですが、これから書く四例目のプレゼンテーションは競合でした。

プレゼンテーション　その四　― 三井のリハウス ―

今から思うと信じられない話ですが、三井のリハウスのテレビCMは不動産業界初めてのものだったのです。それまでは不動産広告は紙媒体、つまり新聞、雑誌、チラシが専門の媒体だったのです。ラジオは少しあったのですが、テレビはなにしろこれが初めてで、当時顧客の中に不動産もこれからはテレビを広告媒体に使うべきだと考えていた人々がいたということです。今なら笑ってしまうぐらいの当たり前のことが三十数年前にはなかったということです。ちなみに二番目の不動産CMは三井ホームのCMで、リハウスも三井ホームも三井不動産の子会社ですから、三井不動産という親会社は当時宣伝に先進的なものの考え方ができる不動産会社だったようです。

その日本で最初の不動産会社のテレビCMのプレゼンテーションに電通も参加させてもらえたのでした。競合相手は博報堂、読売広告社、それに確かもう一社、創芸さん(?)が入っていたという記憶があります（間違えでしたら失礼ですけど）。その四社競合だったと思います。皆さん、すでにご存じかと思いますが、三井のリハウスとは、中古住宅に人を引っ越しさせる住み替え専門会社です。

クライアントからの注文はひと言、「人を引っ越しさせる切実でユーモアあるシチュエーションを探してくれ」というものでした。まあ当時では電通としては、そんなに大きなプレゼンではなくて、クリエーティブサイドの担当は僕一人だったと思います。ＣＤをつけるまでもないだろうということで、当時は若かった僕が一人で担当となったわけです。というのも、コピーライターもデザイナーもいらない、ＣＭプランナーだけが必要な仕事だったということもありました。

僕は単独担当者だったので、それなりの責任を感じて、相当力を入れて考えました。人を引っ越しさせるシチュエーションは転勤とか結婚とか子供の通学の都合とかいろいろありますが、そんな当たり前のことではプレゼンできません。そのとき僕の子供時代のことを思い出しました。僕は子供時代、品川区の片隅に住んでいましたが、妹と同室で、よく喧嘩をしました。思春期ともなればいろいろ問題も出てきますし限界もあります。そんなことを思い出しているうちに、一つのコピーが浮かんできました。それは、

『兄弟一緒の部屋は嫌だ』

というものでした。兄弟一緒の部屋だからといって引っ越す理由にはなりませんが、そこには子供たちのいろいろ複雑な心理があります。犬や猫ではありませんから。そうはいっても安サラリーのお父さん、いくら新築でないとはいうものの、大金のかかることをそう簡単にはできません。そこで親に、無理ないなと思わせるシチュエーションをいろいろ考えました。ここにその案を全部書いていると三十ページぐらい費やしてしまうので一例だけ書きますと、

・姉妹一緒の部屋で妹に親子電話がかかってくる（携帯電話が登場する寸前の時代です）。

・その妹の電話に電話が来たのは夜の九時。かけてきたのは妹のボーイフレンドらしい。何か愛のささやきが聞こえてくる。それが同室の姉上にもなんとなく聞こえてくる。

・すると姉上のご機嫌がやたらと悪くなって、メガフォンを耳に当て妹のボーイフレンドの話を焼きもちからすべて聴き取ろうとする。

というユーモア溢れたストーリーです。そこに妹のひと言、〝なんとかしてよ、お父さ～ん〟というわけです。安サラリーとはいえ、そろそろ姉妹に一つずつの部屋を与えなくては……そのためには新築は無理だからリハウスだな……というお父さんの差し迫った顔

が映って、〝お父さんの素敵な決心〟という決めのナレーションが入って、住み替えなら「三井不動産販売のリハウスです」というナレーションで締めくくられるＣＭでした。この最後のリハウスの会社のＣＧとエンディングの音楽とＣＭは以降三十数年、ずっと使われ続けました。

ほかに五、六案出しましたが、きりがないので書きません。プレゼンのクリエーティブ案は社内ですぐＯＫとなり、いよいよプレゼンの場となり四社が各々決められた時間に決められた持ち時間で実施されました。確か午前一〇時頃から午後三時くらいまで新宿の副都心にあった顧客の会議室でされたと覚えています。四社のチームの各々が緊張して待っていました。前述したように、プレゼンの勝敗の結果は、良ければその日のうちか翌日、悪ければ四、五日経ってからというのがパターンです。

僕は、営業の若い者二名と僕の三名で懸命に力を振り絞ったプレゼンをしたつもりでした。すると会議をリードしていた顧客の中年の方が一言、「おもしろいね」と言われました。どのプレゼンでも、特に競合のとき顧客側は「お話お伺いしました。ご苦労様でした。結果は営業の〇〇部長の方にお知らせします」程度で、具体的な感想はまずおっしゃいません。その「おもしろいね」というひと言はちょっとうれしかったです。もっともこの方が全代理店の方すべてに同じことを言われているかもしれませんから、大喜びはしませんでした。ところが帰社して一〇分もしないうちに、若い営業の者から「電通に決まりました。ありがとうございました」という大喜びの電話がありました。確かに電通がプレゼンの最終順番だったとはいえ、あまりに早い反応に驚いたのですが、顧客の責任者の方は、プレゼン会議中にもう決まっていたと言われたそうです。

こんなに早くうれしい返事が来る例は少なくとも競合では珍しいのですが、実はこれから電通らしくない話もあります。この作品（三種類）はこの年のACC（全日本CM協議会）の優秀賞を二部門でいただき、本当にうれしい結果となり、この翌年もやはり競合ではありましたが、また電通の同じチームでの勝利となり、二年連続の美酒を味わいました。なにしろその頃は大きな顧客ではありませんでしたが広告予算は大きなものがありましたから。

ところが翌年のこと、親会社から来ていたとても電通に良くしてくださった方が本社に戻られたこともあったかもしれませんが、電通の油断もあったのでしょう、読売広告社にプレゼンで敗れてしまいました。例の宮沢りえさんが初めてテレビ出演した、当時は有名なCM〝白鳥麗子と申します〟というリハウスしてきた転校生のバイオリン少女のアイデアに敗れてしまいました。僕をはじめ電通チームは、二連勝をいいことに相変わらず『人を引っ越しさせるアイデア』にこだわって考えていました。そこにそれとは全然切り口の違う新鮮なCMが登場してきたのです。僕たちはこれはヤラレタ！と心から感服しました。このタレント編は、次から次へと毎年新人タレントをオーディションして発掘してきて二十数年間に、宮沢さんをはじめ蒼井優さんとか池脇千鶴さんとか今では大活躍しているタレントさんが発掘されましたが、残念ながら電通制作のものは僕の知る限りないと思われます。

このように、電通が中堅の代理店に敗れるときは（僕が敗けた場合も）、何度か勝利してしまうと、なかなかその路線から外れるのが難しく、まったく新しいものを発見していくのが難しくなる傾向があります。これはひとつにはやはり組織が大きいために、路線変更をする場合、多くの人間の了承を得るのが大変な作業になってしまうということもあり、またもっとひどい場合は、二連勝した電通が敗けるはずがないというような慢心が出てくる場合もなきにしもあらずです。この仕事は勝利のうれしさと敗戦の大反省の二つが絡んだ仕事で、ある意味で電通らしいプレゼンテーションともいえたと思います。

三回目のプレゼンの返事待ちをしていたとき、前二回はその日のうちに勝利報告があったのにやっと一週間ほどして営業の部長から、

「井上君、ご苦労様だったけど、今度はあかんかった。読広さんが勝ったらしい。なかなか新鮮な企画だと言っていた。またのチャンスを待とうや。井上君は頑張った。責任は俺たち営業、いや営業部長の俺にある」

と、その大紳士の営業部長さんは、すまなさそうな表情で僕に言われました。

最後にもうひとつだけ僕が関与したプレゼンテーションの話をさせてください。繰り返すようですが、僕の関与しないプレゼンの話を、それがどんな有名なものであれ、外から憶測で書きたくはないのです。したがってこれもCM史的にいえば有名なものではありませんが、僕の印象に強く残っているものです。僕は本来、堅いお上品なCMよりユーモアCMを得意としていましたが、大きな顧客はユーモアを下品と受け取る傾向があるのか、なかなか作らせてもらえませんでした。

プレゼンテーション　その五　―JRびゅう―

JRから〝びゅう〟という宿泊と割安切符がセットになった国内パッケージツアーが出

されるようになってもう二十年近くが過ぎました。国鉄が民営化されてJRになって間もなくの商品だった記憶があります。このびゅうが、それから数年して〝びゅう海外版〟を出すということで驚きました。もともとJR東日本は旅行法で海外旅行は認められておらず、一九九二年に日本航空との合弁企業がつくられて、〝びゅう〟という名前でCMが作られましたが、実際には海外版は日本航空の後ろ盾があったのです。

そのプレゼンの作業は競合ではなく、電通単独指名でした。今では中国からの観光客が信じられないような数でやってきています。日本はその頃というよりそのもう少し前、つまりもう四十年近く前から仕事、プライベートも含めて、当たり前のように海外に行く時代になっていましたが、その頃から囁かれだしたのが、日本人観光客のお行儀の悪さと金遣いの荒さでした。現に僕たちがこのCMを始める前に、たまたま社内に置かれていたイギリスの新聞（日本の英字新聞ではない）を読んでいたら、イギリスの湖水地方にやたらと日本人が押し寄せていて、そのお行儀の悪さが話題になっていました。失礼ながらもちろんごく一部の人々だとは思いますが、中国の人々もお行儀の悪さやお金遣いの荒さ（日本にとってはありがたい？）では今、評判となっていますが、そのイギリスの新聞もお金のことよりもエチケットの悪さを中心に書いていたように覚えています。

電通チームができて、さて何をしようかとなったのですが、僕はそれを逆手にとってはどうかな……と思いました。簡単に言えば、「エチケットが悪くてごめんね、お金遣いが荒くてごめんね」というふうな考え方です。ふつうの純民間会社ではとてもできないことをやってみたかったのです。そんなことをしたらマスコミから非難囂々となるようなことを。といっても今だってあんなことをしたら、一部で笑ってくれる人がいたとしてもとんでもないことになってしまいそうです。

僕と僕のチームが考えた結論は、『海外旅行での日本人のお行儀の悪さ』が主題のCMにしようとなったのです。僕個人でいえば、僕のいちばん好きなタイプの反社会的（?）CMです。実はびゅうのCMはこれが初めてではなく、国内旅行編が先行していて、これも同じチームで作らせてもらいました。あまり品がいいCMとはいえませんが、その品の悪さをユーモアでカバーして、実はJR東日本の皆様にはとても好評でした。今度はその第二弾、びゅう海外版というものです。予算はそこそこいただいたし、海外版なので日本で撮るわけにはいかないしというので、その頃の日本人の考えるいちばん憧れの海外、パリを舞台にして撮影しようということになりました。使ったモデルも、実は国内版と同じモデルさんたちです。五つのヴァリエーションを一週間ぐらいで撮影したと思います。

エッフェル塔の前で甲子園よろしく砂を集めるおっさんとか、喫茶店で地元の女の子に惚れられたと勘違いし赤っ恥をかく先輩後輩とか、買い物をして走り回り、さらに買い物し足りなくなってまたいずこかへ走り去る女の子ペアーとか、その他諸々。もしかしたらあの国の若い人々も今、東京や京都でしているかもしれないようなことです。二十五年以上も未来のことを、よくあの頃予測してやったなと今でも感心しています。そんなものを撮影してきて、ビクビクして帰ってきました。

「こんなとんでもないものを撮ってきてケシカラン、今すぐ撮り直してこい」などというお叱りを受けるかもしれないとドキドキでした。もちろん出発前にコンテ（CMのストーリー）はOKをいただいて行ったのですが、それは比較的若い方々でした。もうどうにでもなれといった気分で試写（電通社内の試写室）に乗り込みましたが、試写室は笑いの渦で一発OKでした。もちろんこれもJR東日本さんの電通に対する信頼と国鉄時代からの長い信用の深いお付き合いがあってのことは言うまでもありません。これもユーモアCMですが、電通らしいCM作業だったと僕は思っています。

ある大きな流通会社の仕事では、いろいろ考えてもって行ったあるファッションショーを主題にしたコンテに対して、大幹部の方に、「井上さん、いい企画だね。こんな素敵なことがウチでできたらどんなにいいかな。だけどね、ウチをもっと勉強してよ、この手のものがウチの社風でOK取れるわけないだろ、手直ししてきてくれ」と言われ、結局まったくごくふつうの動くチラシのようなCMを作らされたこともあります。あるお菓子メーカー（キャラメル？）のプレゼンでは、歩行者天国（ホコテン）のミュージシャンの連中をオーディションして新しいタレントを育成しようというような企画を出しましたが、顧客の偉い方たちがホコテン自体の意味を知らなかったりと、たくさんの失敗をしました。いくら電通らしい優れた企画であると褒められたとしても、営業も含めてクリエーティブサイドの驕りと責められても仕方ない〝電通らしい失敗〟も数限りなくあったと思われます。

そろそろクリエーティブの話はいったん止めて、また僕の若い時代の電通の話をしようと思います。つまりバブル時代の最中の電通の話です。

僕が初めて自分の部署に配属されて、若い人も四人ばかりいましたが、今村昭氏をはじめ怖そうな先輩たちがずらりと席を並べていてビクビクしていた頃の話です。CDはこれまた当時電通No.1（何を称してNo.1というのか僕にはわかりませんが）のコピーライターといわれた赤井恒和氏でした。コピーの巧さはもちろんのこと酒豪でもあり、キリスト教信者でありバーで唄う歌は賛美歌でした。昼はひと言もしゃべらず鼻を赤くして部屋の席に座ってコピー用紙に向かっていました。

そんなある日、もう定年間近の優しいおじさんが経理担当にいて、「井上くん、仕事で急ぐときはこれを使っていいからね」と、部屋の隅に積まれている黄色い用紙を指すのです。それが僕が生まれて初めて見たタクシー券というやつで、使えるタクシー会社の社章が一〇ばかり印刷されていて数字が書き込める空欄がありました。そこに乗車賃を書けば、乗車賃は会社に請求され、乗った者はタダというわけです。

仕事で急ぐときはまだいいにしても、これがどんどん拡大解釈されて、やがて仕事で遅くなったときもどうも先輩たちは使っていたようです。仕事で遅くなったときとは、何を意味するのでしょうか。遅くなったときというのは何時を指すのでしょうか。終電車に間に合う限り、ふつうのサラリーマンはどんなに酒臭い満員電車であろうと、これで帰るのが当たり前でした。終電車に乗り遅れたら、自費でタクシーに乗るか、極端に言えば歩いて帰るしかありません。電車で一時間かかって出社してくる者が歩いて帰ったら五、六時間かかるでしょうから論外です。だから東日本大震災のような大自然災害でもない限り、日本中のサラリーマンは最終電車までには帰るわけです。ところが「仕事で遅くなったら」

を拡大解釈したら、一〇時だって遅いといえばいえる。僕は今告白すれば、一〇時半過ぎたら、なんと銀座から町田（！）まで平気な顔をしてタクシー券を握って帰っていました。帰ると妻がタクシー券を見て、「あなた、まだまだ電車あるわよ。こんなモノ使って大丈夫なの？」と、クビを心配して言ってくれたものでした。

もちろん毎日町田までタクシー券で帰るわけではありません。でも月に三、四回は帰ったと思います。当時でも運賃は一万円以上したと思います。でも本当に仕事で遅くなったでしょうか。確かに八割は仕事だったと思います。しかし時に顧客が一緒のときには、僕は営業ではありませんでしたが、営業の者に誘われて顧客との仕事の後、飲み屋へというのもサービス業である広告代理店の典型的なコースでした。しかも銀座や新宿あたりにはホステスさんたちが手ぐすねを引いて待っています。当時まだカラオケはありませんでしたが、ギター弾きやピアノ弾きが客を誘導して歌わせるスタイルの店が山ほどありました（今でもありますが）。そんなホステスさん付きの飲み屋さんに金曜日にでも入ったらもう最後、一二時前にはまず帰れません。つまり顧客にタクシー券を渡し、電通の社員も間違いなくタクシーでのお帰りとなります。これが仕事といえるでしょうか。

あの頃いったい電通全体でどれくらいのタクシー代がタクシー会社に支払われていたも

のでしょうか。上場した今、そんなことをしたら、それこそ僕の妻が心配したごとく、若い社員はクビになるでしょう。今は役員さんでもタクシー券はなかなか自由にはならないらしいです。これが今の正しい会社の正しい姿なのです。上場してから、タクシー券、その他の非上場時代には許されていたいい加減な飲み代などはことごとく廃止されたと聞いています。若い頃、タクシー券に散々世話になった僕が言うのもなんですが、電通も〝正しい会社〟に向かっているようです。

あのバブル時代、六本木近辺のスタジオで録音の仕事をした後、あの交差点近くで黄色いタクシー券を振り回しながら、一時間もタクシー待ちをした頃を幻のように思い出します。

第四章　プロデューサーとは何か

僕はこの業界に入って、というより業界人ではなく一般人として今現在もわからないのは、プロデューサーとは何か、ということです。

電通という会社はプロデューサー満載の会社であり、誰でも皆、プロデューサーみたいなものです。世の中の人もプロデューサーって何だかわかっていない。ネスレのＣＭで、僕はヴァイオリニストの江藤俊哉氏からもちろんお世辞つきで、ロサンゼルス交響楽団の有名な指揮者に「日本の有名なプロデューサー」だと紹介されて、指揮者と握手しました。江藤氏から見れば、僕はプロデューサーに見えたのです。有名というのは、〝有名な会社の〟というのを省略していたのですが。

僕はこのときから、プロデューサーとは何だろうかと真剣に考えるようになりました。映画のプロデューサー、ＣＭのプロデューサー、テレビ局のプロデューサー、イベントプロデューサー、世の中は、特にマスコミはプロデューサーだらけです。僕がふつう、日常の仕事でプロデューサーと呼んでいたのは、後に詳しく説明しますが、電通にＣＭを制作するために出入りしていたプロダクション（制作会社）の営業さんのことで、簡単に言えば電通に出入りして仕事を貰う人のことでした。

彼らは仕事を貰って社に帰ると、その仕事の準備、つまり監督（ディレクター）を電通の担当者と相談して決めたり、予算を組んだりする仕事をしていました。電通の営業同様、制作会社にとって最も重要な仕事をしていた人です。しかし一般社会から見ればただのサラリーマンです。僕は勤める会社が会社だったから、プロデューサーという言葉をやたらと聞いたのですが、はっきり言ってプロデューサーとは何ぞやというのはよくわかりませんでした。その人は時には営業さんにも見えたし、時にはコピーライターに見えたし、時にはテレビ局やラジオ局に出入りしていろいろな交渉事をしている人に見えました。というわけで電通という会社はプロデューサーだらけだったのです。しかし広告代理店ばかりでなく、世の中一般にもプロデューサーと呼ばれる人たちはたくさんいました。僕にはむしろ、そういう人々のほうがプロデューサーに見えたのです。プロデューサーが何だかわからなかったくせに。

今、僕には正確に言えばプロデューサーという職業はないと思えていますが、しかしプロデューサーとはこういう人々だというイメージは見えていて、尊敬している人々もいます。もちろんほとんどの人には一度もお会いしたことはないのですけれど。

僕が思うプロデューサーとは、自分が生きている時代がきちんと読めていて、将来の流れもきちんと捉えられ、しかもさらに言えば、その時代の流れを大衆に向かってわかりやすいスローガンをつけて説明できる人。僕はそう思っています。そして電通には何人もそうした人がいました。今もいるかもしれませんが。もちろん電通以外にも多数います。

特にデジタル社会で活躍する理系の人々には大勢いると思いますが（ＳＮＳの開発者たちとか）、浅学菲才の僕はよく知りません。僕が電通内で優秀なプロデューサーだと思った人は（もう亡くなられていますが）吉田秀雄氏と藤岡和賀夫氏です。吉田氏についてはすでに詳しく述べましたが、藤岡氏についても少し述べておきます。僕は氏のことは時代も違うのでほとんど知りませんが、僕が担当していたＪＲに非常に信頼されていた方で、まだまだ海外旅行はもちろん国内旅行でも贅沢と思われていた時代に、ディスカバー・ジャパンのスローガンの下、国内旅行を強く推し進めた人でした。

暇なとき、休みの間は国内を旅して、自分なりに日本を見つけようという、ある意味では知的なキャンペーンを生んだ方でした。電通にはほかにも多くのプロデューサーがいましたが、今はとりあえずこの二人の方を挙げます。今までに詳しく書いた今村昭（石上三登志）氏も小田桐昭氏も立派なプロデューサーでしたけれど。電通外で誰が優秀なプロデューサーなのかを選抜すると、これまたきりがないのですが、僕の好みでいえばＡＫＢをつくった秋元康氏。音楽グループの世界に今までは考えられなかった選挙制度を設定したり（もちろんお遊びですけれど）、全国にその組織を広げたり……。しかもご本人は若い頃から作詞家としても有名でしたが、失礼ながら決してお若くないのに日本中にＡＫＢフィーバーを巻き起こしたということは、若い人々の心の動きを正確に捉えていたということでしょう。

芸能界といえばジャニー喜多川氏も大変なプロデューサーですが、もうあまりに長いご活躍なので今さら申し上げるまでもありません。あと僕に思い浮かぶのは、浅利慶太氏。今はご老齢なのでご活躍はされていませんが、もう六十年以上前に外国演劇は日本では受けないといわれていた頃、アメリカで大人気だったブロードウェーの世界を日本で俳優の養成から始めた浅利氏の先見の明もすごいです。アプローズ、コーラス・ライン、キャッツ、アイーダと、公演するたびに大ヒット。ブロードウェーは日本では受けないという前評判を見事に覆しました。電通の汐留の新社屋に四季劇場ができたのも、浅利氏のイベントプロデューサーとしての天才と無関係ではありません。ただの客集めのための四季劇場であるはずはなかったのです。

そうして一九八〇年代あたりから、そうした才能溢れるプロデューサーたちに協力してもらいながら、電通は新しいステージ、単なる広告屋からイベント屋としての面も見せるようになり始めました。もちろん黒子としてではありますが。

第五章　イベント、特に東北六魂祭について

―電通の社会貢献―

東北地方といえばなんといってもお祭りが有名で、皆さまご存じのように、青森のねぶた祭り、仙台の七夕祭り、盛岡のさんさ踊り、秋田の竿燈まつり、山形の花笠祭り、福島のわらじ祭りと盛りだくさんです。僕はこれから少し今や日本の大イベントのひとつ（二〇一六年で終了し二〇一七年より「東北絆まつり」へ引き継がれました。ただし「東北絆まつり」は電通とは関係ありません）となった東北六魂祭をここに取り上げて、電通とイベントの話をし、やがてはオリンピックの話も少ししたいと思います。イベント音痴の僕ではありますが、この祭りと深い関係にあった人が僕のすぐそばにいたということもあり、少しこの話を取り上げることにしたのです。

それはこの六魂祭というのは、まさに日本的なイベントのひとつであり、それを電通が下支えした、電通にとってもたぶん思い出に残るイベントだと思うからです。ネットで調

べれば、このお祭りについての詳しい話、特に沿革についていろいろ出ていますが、それをそのまま書いたのでは、ここに六魂祭のことを書く意味はないので、そうした詳しい事務的な話にご興味ある方はご自分でお調べください。ご存じのように二〇一一年三月一一日に東日本大震災が発生し、東北地方（すべてではありませんが）の太平洋側は壊滅状態といってもいい状態になり、なんと二万人になんなんとする方々の魂が天に召されました。

実はこの東日本大震災の一年前（二〇一〇年二月一五日）、もちろん大災害とは無関係に東北地方の六商工会議所の方々が仙台に集まり、名前は違うけれど、東北六大祭りを仙台でやろうというような企画が出ていたのですが、大きな盛り上がりになりませんでした。そこにわずか一年してこの地獄のような大災害です。震災から二か月ほどはインフラが作動しないこともあり、東北地方では予定されていたさまざまなイベントが中止になりましたが、それからいくらも経たないうちに日本全国からの支援もあってインフラの復活や、四月二五日には東北新幹線の福島―仙台間の復旧、同じく四月二七日は天皇皇后両陛下が宮城県を行幸されたりしました。少しずつではありますが、復興の兆しが見え始めました。

そこになんと、五月三一日に『東北六魂祭』を実行すると、東北六県都の六市長さんたちからの発表があったのでした。その偉い方々の発表は、東北人の心を強く揺さぶりました。電通はこの東北復興夏祭りに大いに賛同し、電通こそが東北六県を結ぶハブとなり、復興支援のためのスポンサー集めができると大いに力を入れることになりました。しかし、商工会議所と市が主催者となって（その後の五回もすべて）、七月一五日、一六日に仙台で行われた第一回東北六魂祭はある意味で大失敗に終わりました。

それはやはり、震災からまだあまりにも日が経っていなかったことと、主催者が六魂祭自体をどうやっていいかはっきりしていなかったこと、いろいろな意味での準備不足、それに警察が予想した人出の三倍の三六万人の人出を、とても捌き切れなかったのです。地下鉄は停まり大騒ぎとなって祭りは終了しました。

しかし二年目の二〇一二年五月二六、二七日の盛岡開催は、仙台での反省もあり、市、警察、商工会議所、六魂祭実行委員会、電通が集まってさまざまな準備会を開き、二四万人の来訪者が集まったにもかかわらずなんの混乱も起こらず大成功。三回目の福島も大成功でしたが、次回の山形開催に向けてスポンサーの集まりを心配する声も出たようです。

第四回は主催者に決まっていた市川昭男山形市長が東京の電通を来訪し、このときはまだ社長だった石井直電通前社長と山形開催を決定しました。僕はこのあたりの進行を見たわけではありませんが、この山形六魂祭に深く関係していた、僕がこの世で最も親しい人から直接聞いた話です。六魂祭に関係していたある山形県の方は、その人にこう言いました。「はっきり言って成功の原因はすべて電通さんのお陰。スポンサー集めから祭りの整理、お客さんたちの整理もすべてお任せ。プロの力を見せてもらいました」と手放しの電通礼賛だったと言っていました。もちろんその人と僕は無関係、僕は顔も知りません。ふつうの日には人口わずか二五万人の小さな県庁所在地山形に三六万人の人が集まりましたが混乱はまったくなかったようです。東北を復興させようという東北人の心がいちばんの成功の源ではあったでしょうが、すべての日本人の応援、そしてビジネス的にいえば電通の大きな力が六魂祭を成功に導いたのは間違いないようです。電通東京本社が全体の指揮を執り、現場は電通の関連会社、電通パブリックリレーションズが大いに活躍したようです。第五回の秋田も大成功、第六回、最後の青森大会（二〇一六年六月二五、二六日）の大成功もマスコミの報道が記憶に新しいところです。このイベントの成功、必ずしも全日本的大イベントとはいえないかもしれませんが、僕にはこれからの電通のあり方（ますますイベントに力を入れていく方向）を暗示しているように思えてなりません。

広告屋電通は今までもイベント屋電通だったのですが、これからますますイベントに力を入れていくでしょう。大きいとはいえないかもしれない東北六魂祭とオリンピックを比較するのもおかしな話かもしれませんが、僕にはこの二つには大きな関連があるような気がするのです。僕がまだ十代で電通の名前も知らなかった前回の東京オリンピックの大成功を思い出してしまいます。オリンピックの話は次章でまた少しお話ししたいと思います。

いずれにせよ僕は、この東北六魂祭での電通の活躍は、ビジネスというより電通の大きな社会貢献のひとつだったと捉えています。

第六章　オリンピック・エンブレムの話

ここで僕は少々最新の話題、オリンピック・エンブレムの話をさせていただきますが、僕の話は世間一般の反応やマスコミの記事とは違うことを書かせていただきます。ひと言で言えば、なんて世の中って広告のことを知らないのだろうということです。それは大マスコミに至るまで。

僕は前回一九六四年の東京オリンピックのことをほんの少し覚えています。何をいちばん覚えているかといえば、競技のことではなく、亀倉雄策氏が制作されたオリンピックのポスターのことです。まだ本当に若かった僕もそれはそれは素晴らしいポスターに思えました。まるで我がことのようにうれしかったのです。というのも、僕の母は僕に将来美術学校を受けるよう盛んに勧めてくれていました。まあ、僕が絵を描くのが好きに思えたのでしょう。そのことと亀倉氏の作品とは何の関係もないのですが、それほど亀倉氏の作品は僕には素晴らしく思えたのでした。今でいうエンブレム作品とは少し違いますが、この人は天才に違いないと若い心で思ったのでした。特に一〇〇メートル競争のスタートを扱ったレイアウトには抜群のものがありました（このポスターは正確には氏が作られたものではなく、アドバイザーを務めたものでしたけれど）。その力強さに心をひかれたのでしょう。日の丸を扱った今でいうエンブレムもシンプルで力強く思えました。

一昨年、昨年と、世間はオリンピックのエンブレム騒動で揺れました。その揺れ方に僕は大変な違和感を覚えました。

当選された佐野研二郎氏のポスターは、僕には大変魅力的でした。博報堂にいらした有名デザイナーで、そのデザインの軽い優美な感じは大好きで僕は彼のファンでした。でも彼とはまったく面識はありません。僕はエンブレムの当選作品を見て、やはりなかなかおしゃれないいものが当選したなと喜びました。ところがそれから二、三週間すると、急に何かワサワサし始めました。なにしろ僕としては二〇二〇年東京オリンピックの事務局は電通と決まっているし、その事務局がこのエンブレムの審査に関係していないはずがないと思うので、そのワサワサはとても気になりました。マスコミ誌上で何か盗作に近いようなことが書かれているからです。ベルギーのある劇場のロゴに佐野氏の作品が似ているといわれて告発されたようだという記事で大新聞ばかりか週刊誌などにも書かれ始めました。審査員の人々は僕などから見ると立派な人々ばかりです。特に永井一正氏などは日本を代表するデザイナーですし、いろいろ立派な方々が名前を連ねていました。

僕はそのベルギーの劇場のロゴデザインを見た途端、まるで似ていないと思いました。そして自分たち広告代理店のデザイナーやＣＭプランナーの人間が毎日のようにしている作業も、これが模倣だといわれるとすると、仕事はやっていけないと思いました。というのも、一点、一画を模倣といわれてしまうと、クリエーティブという作業は成り立たなくなってしまうからです。僕は当選作となったエンブレムの行方を興味をもって眺めていましたが、その頃、電通のクリエーティブ関係の幹部やＯＢのデザイナーたちがたまたま食事をする機会（ただの親睦の飲み会です）がありました。偶然そのとき、佐野氏の作品の話になり、素晴らしい、あれが模倣なら俺たちが三十年以上やってきた仕事は全部模倣だという話になり、怒ったり笑ったり大騒ぎになりました。僕たちは審査員を疑っていたわけではありません。審査員は皆、僕たちが尊敬する先生方です。でもオリンピックというのは魔物がいるのだなというのが皆の結論でした。つまり審査員の方々はほんのわずかでも、国際的にもし問題になったら……ということを恐れていたのです。その上、ネットではもっとひどいヘイトスピーチまがいの、何の証拠もないような佐野氏への悪口で満載になり、万々一を恐れた審査員たちはついに佐野氏の作品を降ろしてしまったのでした。

そして第二回目のエンブレム作品の公募となり、前回は専門デザイナーばかりに限られていましたが、今度は国民なら誰でもいいという自由応募になりました。電通で長い間、クリエーティブ作業を務めてきた僕は、これに応募することに決めました。電通のオリンピック局には誰ひとりとして知り合いがいなかったので、気楽に応募しました。一万五千件以上の応募があるというニュースだったので、当選するとは夢にも考えませんでしたが、僕はデザイナーではないものの、門前の小僧、習わぬ経を読むの心境と絵を描くことは子供の頃から好きだったので、応募することにしたのです。ただ一つだけ、オーバーな言い方ですが、哲学をもって。それは日の丸を中心にした世界平和のアイデアにこだわるというものでしたが、かすりもしないで落選しました。

僕が応募したものは、当選した一万五千分の一の作品とは正反対の作風でした。何が正反対かというと、当選した方の作品は純粋なプロのデザイナーのさらに純粋な作品で、本当の意味でのデザインだったからです。僕は当選した方の作品が悪いとは少しも考えていません。さすがにプロの作品だと思いましたが、やや物足りなさを覚えました。それは彼の作品に対してではなく、審査員の人々の判断に対してです。簡単に言えば、ここまで怖がらなくてもいいのに、と思ったことです。つまり二度もトラブルが起こったら、世界中に大恥をかくと思ったのではないでしょうか。僕の見当違いならいいですが……。作品は素晴らしいけれど、あまりにもシンプルで無難すぎます。これが僕の感想です。自分の落選には何の感想もありません。

　自分が勤めていた電通のオリンピック局がやった仕事だからということで、この仕事に悪口を書くつもりがないのではありません。無難すぎることが悪いとは誰も言いません。審査員の方々はご苦労されたと思います。

第七章　電通を助ける人々、組織

前にも書いたように、電通はモノをつくる会社ではなく、顧客が要求してくるコミュニケーションのアイデアを考えるサービス会社ですから、もっぱら〝頭〟を使って仕事をしています。ここでいうモノをつくるとは、ＣＭを作ったりイベントを実行したり、公園をつくったりすることですが、そんなことを広告代理店の電通ができるわけがありません。電通はあくまでも企画するだけです。そこでそういう仕事をするために、電通に出入りしてもっぱらモノをつくる仕事をしている会社があります。資本的に一〇〇％電通の子会社であったり、資本的には電通と全然関係のない専門会社であったりします。僕は社内のことでも自分の専門外のことはわからないので、テレビＣＭを作っていた自分がよく知っていたテレビＣＭ制作業界の話だけをしていこうと思います。

電通には、今も昔も一〇〇％子会社である株式会社電通テックがあります。業態は少し変わったかもしれませんが、今でもテレビCMを作っているのは確かです。電通テックのすべてではありませんが、テレビCM制作部があって、当然ながら、企画サービス専門会社の電通と協力しながらテレビCMの作品化をしています。しかし日本には全国に何十社、もしかしたら何百社というテレビCM制作を専門にしている制作会社があり、電通や博報堂やその他の広告代理店に出入りして代理店に協力しながらテレビCMを作っているのです。

電通テック以外にも大きくて有名な制作会社があります。たとえば東北新社のような。僕は全仕事のうち三〇%ぐらいを電通テックと、七〇%ぐらいをいろいろな外の制作会社とやってきました。電通社員だからといって電通テックと仕事をしなければならないという規則はありませんでしたが、逆に言えば電通テックは一〇〇%電通の子会社ですから、他の広告代理店、たとえば博報堂に出入りして仕事することはできませんでした。今でもおそらくそうでしょう。

でも僕の場合、七〇%を外部の制作会社と仕事したのは電通テックが嫌いだったからではなく（否、むしろ大事な仕事は電通テックとした傾向がありました）、実はいろいろなタイプの制作会社と仕事をしたかったのと、いろいろな才能をもった人々と仕事をしたかったからです。会社の上層部からも電通テックと仕事しろと強く言われたことはありません。それは電通にも電通テックにも財政上、余裕があったこと、つまり経営が順調だったせいだと思われました。

会社を辞めた今でも制作会社の多くの人々を思い出しますし、友人として深く付き合っている人々も何人もいます。今はもう仕事は離れて趣味の世界でですが。映画の話をしたり、本の話をしたり、時にはゴルフに興じたり。

しかしいちばん思い出すのは、彼ら、特にディレクター（映画でいえば演出をする監督のことです）の方々の才能です。ＣＭを作ることは、後でまた詳しく書きますが、小さな映画を作るのと同じ作業ですから、僕が企画した案が実際にフィルムに定着して実写化されていくのは実に感動的です。それがテレビＣＭというビジネス作品であれ。しかも電通の作品として顧客の満足を得るために撮影されている作業ですからなおさらです。ミーハー的な言い方になりますが、自分が苦労した仕事をテレビで見たりラジオで聴いたり、今、自分が電通とは無関係な仕事として書いている小説が本になったりするのは僕にはとてもうれしいことです。

さて話は戻りますが、僕が業界で尊敬していた人は多数いましたが、その中でも特に尊敬していた（今までの年長の社内の先輩たちは別としても）同輩とか年下の人たちでは、社内ではなくこうした社外の人たちが意外と多かったのでした。僕は基本的には企画作業は一人でするタイプの人間で、やり直しを何度喰らっても一人で頑張っていました。けれども本当に忙しい時は、一人ではどうにもなりません。また後に書きますが、電通での忙しさときたら時にはすごいものがありました。別に僕が売れっ子だったわけではないのですが、時には狂い咲きというやつがありまして、同時に別々のプレゼンテーション仕事が五、六本というときもありました。そんなときに何本かがやり直しでも喰らったら寝る時間はおろか、トイレに行く時間も惜しいということになります。そんなときには外部のプロダクションの方やフリーの方に企画を手伝っていただきました。お任せではなくて、一緒にするのです。でもこうしたとき、やはり仕事のしやすい人としにくい人がいますので、当然、仕事をしやすい人を選ぶわけです。

仕事がしやすいとは、天才的ともいえる企画力、つまりアイデアの力をもっていて、しかも性格が優しい人。そんな都合のいい人が世の中にいるものかとお思いでしょうが、これがいるのです。僕はそんな異常事態のときのために三名の方を友人として大事にしていました。友人とはなんでも遠慮しないで自由に言い合える人、楽しい喧嘩ができる人たちです。

でもそんな人たちは誰にとっても組みたい人です。僕のためになかなか時間を空けてくれません。意地悪ではなく、開けられないのです。それでも三人いれば誰か一人とはなんとか時間を遠慮しながら空けてもらうことができました。一人は大手プロダクションにいた方、もう一人は完全にフリーの方、もう一人は電通の関連会社、電通テックにいた方です。この中でもいちばん僕が仕事上、性に合った方は大手プロダクションにいた方です。

そうした寝る時間もない状態のとき、いちばん辛いのは、社内では助けてくれる人がまずいないことです。特に僕は局会に出ない不良社員で、孤独に仕事をすることを売りにしていたからなおさらです。誰も僕がデタラメに忙しいことなんかに興味をもってくれません。するとどうしても外の人に頼らざるを得ないのです。そういうとき、僕が頼りにしていたタイプはこういう人です。つまり僕が、顧客が要求している仕事の条件(どんなCMを作ってほしいかということ)を彼にオリエンすると、二、三分目をつぶって、

「あ、井上さん、○○さん(顧客名)が言っていることってこういうことですか」

と、非常に正確な言葉で答えてくれるタイプの人です。自分が散々苦しめられたことが一瞬にして解決してしまうのです。大嵐が快晴に大変化するのです。

「そうだよ○○さん、相変わらずすごいねえ」
と僕は半ば呆れながら答えます。商品が携帯電話であれヨーグルトであれ同じです。それから三〇分ほどお互いに意見を出し合いながら別れて、それでは三日後に、となります。三日後というのは、お互いにコンテ（CMの脚本）を漫画化して持ってくること。一五秒のストーリーテリングです。

三日してお互いに一、二の三でコンテを出し合います。もちろん百点満点ということはありえませんが、お互いに八〇～九〇点ぐらいで、それを二人で徹底的に直しあいます。それはもっと正確にいえば、二人だけでやる作業ではなくプロデューサーが入っている場合も多々あります。なぜなら大手プロダクションの才人に手伝わせたということは、顧客からOKが出た場合、制作会社はそのプロダクションに一〇〇%決まっているので、プロデューサーは二人の企画を見ながら頭の中で予算管理をしているのです。また、帰社してから営業にも必ず見せます。営業は太陽ですから、顧客の考え方も予算も、もっと言えばタレントを使う場合の莫大なタレント契約料のことも考えておかなければいけないからです。

僕はタレント嫌いでしたから、タレント案はほとんど出しませんでしたけれど、顧客はタレント好きが多いですから無視はできません。タレント嫌いという意味は、僕は映画大好き人間でしたから役者は男女を問わず好きでしたけれど、ＣＭに馬鹿馬鹿しいほどの大金を出してタレントを使うことには抵抗をもっていたという意味です。

二人で出しあった案のいいところ取りをして、それをだいたいの場合、プロダクションサイドのディレクター、つまり、一緒に企画した相手に清書してもらって、プレゼンテーションをすることになります。僕が自分で画を描くこともありました。僕は子供の頃から描くことは好きでしたけれど巧くはありません。でもクレバーなクライアントの中には、企画した本人が画も描いてきてください、そのほうがわかりやすいから、という本質論を言ってくる方もいました。

大手プロダクションの彼と組んだ場合は、彼は抜群に画が巧かったのでお任せしました。彼と組んでやった仕事で顧客にノーを喰らった仕事は一本もありませんでした（三井のリハウスをはじめとして）。

しかし彼とばかり仕事をするわけではありません。才能には全然別のタイプもあります。あるフリーの人は、僕が顧客のオリエンを伝えてもそんな簡単には答えを返してきません。時間のあるときは難しい本の話をしたり、最近見た映画の話をしたり、なかなか仕事の中に飛び込んできませんが、一時間ぐらいしてからひょいと一枚の画を僕に突きつけてきます。

「井上さん、こんなことかな、お得意さんが言っていること」

と、ユーモラスな巧みな画を僕に見せます。フリーの人は電通とばかり仕事をするわけではありません。おそらく一〇社以上の広告代理店と仕事をしているはずです。でなければ食べられませんから。だからなんとなく、電通の仕事とか博報堂の仕事とかのクセを知っているようです。自分が勤務する以外の他の代理店と仕事ができない僕たち大手広告代理店の人間にはまったくわかりませんけれど。まあどうしても大手の広告代理店は大きな顧客と仕事をする機会が多いので、彼には考えやすいところもあるのかもしれません。彼ともずいぶん仕事をして、すんでのところで助けていただきました。

三人目は電通テックの才人で、当時はまだ若かったその企画マンにも手伝ってもらいました。非常に器用な男で、親しかった僕は大助かりでした。ただまったくの外部の人とは違って、電通とはいわば親子関係の会社同士でしたから、お互いに多少の遠慮があったことも確かです。僕が最初に書いた天才中年は、残念ながら一〇年ほどのお付き合いの後、ご病気で早逝され、あれから二〇年以上経った今でも残念です。彼は売れに売れていたので、無理をされたのではなかったかと今でも彼のことを思い出します。仕事以外でも教えられることの多い方でした。電通の外の人といっても間接的には電通にも大きな損失だったと思います。

いったい何社の制作会社と仕事をしたんだろうと思いますが、今ではもう数えるのも難しいです。どこの会社もユニークな経営者の下、若い人たちは本当によく働いていました。もちろん、今でもその姿は何も変わっていません。今では完全な友人となった当時の仕事相手の企画マンばかりでなくプロデューサーたち（彼らはもう老人ですが）の会社に遊びに行くときがありますが、若い人たちの働きぶりは僕が現役の頃と何も変わっていないので驚いてしまいます。彼らにはただ健康に気をつけてね……と言うばかりです。日本の広告ビジネスを裏で支えているのは彼らなのですから。

さてCMプロダクションのことをもう少し書いてみたいと思います。これは電通と無関係な話でもなんでもなく、クリエーティブ局とは深く深くつながっている話題ですので。

CMプロダクションといっても、株式会社ですからふつうの会社とまったく同じ経営陣がいて会社を運営しているのですが、現場のデスクで働いている人々は僕がいうプロデューサーたちです。すでに書きましたがプロデューサーとはふつうの会社でいえば営業さんで、電通なら電通に行って、ＣＭ制作担当者やその上司から仕事をもらってくるのが、最大の仕事です。仕事とはもちろん、テレビＣＭ制作の仕事です。プロデューサーたちは若くても三〇～三二歳くらいで、五十代の人もいます。その下の二十代の若者たちは制作進行と呼ばれ、プロデューサー見習いです。十年ほど撮影現場の雑用の一切合財をすべてやらされます。怒鳴られるのが仕事みたいなものです。

ＣＭ制作の仕事は小規模な映画制作だと前にも言いましたが、映画会社もこれとまったく同じ組織です。映画制作の仕事にも何回か関わったことがありますが、つくづくＣＭ制作と同じ現場の雰囲気なのに驚かされました。プロデューサーに監督がいて、撮影カメラスタッフが三、四人、照明スタッフが三、四人、スタイリストさんやヘヤーメイクさん、セットを作る美術さん、それからタレントの世話をする人（マネージャーさん）、なんだかんだ入れれば撮影スタッフは最低でも二〇人ぐらいいるのではないでしょうか。大きな映画はおそらくこれの数倍になると思います。

けれどもＣＭも基本組織は何も変わりません。企画が顧客のＯＫが取れれば、撮影の準備に入るのですが、スタジオ撮影の場合はそんなものですが、これがロケとなるとさらに雑用が増え、大変な〝労働〟となっていくのです。顧客のＯＫが取れてからＣＭ制作完了まで、フィルム時代よりは速くなったというものの、デジタル時代になったといっても二、三週間はかかるのではないでしょうか（僕が若い頃は一か月でした）。撮影の後には編集作業が待っていますし、音楽も作曲して（すでにある曲は著作権の関係から使用するのが難しい）、その後録音がありますし、タレントさんや声優さんたちの声もいただかなければいけません。思い出すと、よくあんな作業に電通社員として関わっていたなと思います。

今村昭（石上三登志）氏が、僕が新入社員の頃言われた、「井上君、CM作りというのはエンタテイメント作りなんだ」という言葉がよみがえってきます。まさにそのとおり、おもしろくないCMなんて誰も見たくありません。でも本当に緊張する作業はこれからです。この作業もどの作業もすべて顧客のためになされてきた作業です。顧客のOKが取れて初めてお金になり、営業にも媒体局にもお金が入ってくるわけです。電通社内にある試写室に顧客を迎えて、いよいよ顧客試写となるのです。僕は幸いにして、ひどいやり直しをさせられた作業は三十五年間一度もありませんでしたが、ゼロからやり直しなんて言われた作業も聞くところによれば現実にあったようです。今まで書いてきた作業がすべてやり直しなのですから、よっぽどのことがあったのでしょうが、ただただお気の毒というほかありません。

しかしこうした作業の積み重ねが、電通の大きな扱い額の基本となっていくのです。もちろんクリエーティブの作業はその一部に過ぎないのですが、僕にはこんなことしか詳しく書けません。

先ほど少し書いたことですが、もうひとつ大切なことを書き忘れました。CM制作作業にも映画のように監督《ディレクター》さんがいます。え!?　あんな一五秒や三〇秒のCMに監督が、と皆様は思われるかもしれませんが、これがいるのです。先ほどから書いてきた、陰で企画の手伝いをしてくれた方々はその多くがテレビCM専門の監督さんです。なかには本当の映画監督さんになって売れた方もいらっしゃいましたが。自分が考えたり、外部の人々に協力してもらった企画が顧客のOKを取りますと、撮影のときにはそのOKが取れた企画案を監督が演出コンテというものに細かく秒ごとに構成し直して撮影に備えます。

それだけではなく、スタジオ撮影でない場合にはロケ場所決め、タレントさんや作曲家さんとの打合せ、果てはスタイリストさんやヘアメイクさんとの打合せまでみんな監督さんの仕事です。僕は電通生活でたった一本だけ監督を欲張ってやったことがありますが、二度と御免被りたいです。これが映画なら、僕なんかとっくに倒れていたと思います。

そんなわけで僕は仕事のたびに監督さんを選んで、多くの場合、プロダクション専属の監督さんと仕事をしましたが、四〇歳を過ぎた頃から、映画の有名監督さんにも仕事を頼むようになりました。特に大タレントさんを使うときには、どうしてもタレントさん扱いに慣れた映画監督さんのほうが、安心して見ていられるのです。なかなかわがままで有名なタレントさんでもベテラン監督さんにかかると、あれあれって思うほど、早く仕事が終わってしまうこともありました。タレントさんの詳しい話はまた後で。

第八章　電通にいた才人と変人

さて、読者の皆様には、一見電通とはあまり関係なく思われたクリエーティブの現場の話をしてきましたが、またまた話の現場を電通に戻しましょう。

僕が会社を辞めて二年ほど経った二〇一二年七月一二日に、電通は英国の広告代理店イージス社を何千億円かで買収して、我々OBを驚かせました。簡単に言えば、どこにそんな金が……というわけです。目的はヨーロッパだけでなく、アジア地域にも強いイージス社を買収することで、世界的なネットワークを強化する、つまり今電通が最大テーマとしているグローバル化を強化しようというわけです。特に今や当たり前ですが、顧客からの期待が高いマーケティングの強化で、イージス社が得意とするデジタル分野の事業基盤をつくることが狙いだと聞きます。電通はロンドン証券取引所に上場しているイージス社を一〇〇%子会社化しようという思いをもっているようです。僕はすでにOBですし、ああいよいよ電通のグローバル化戦略が本格化してきたなぐらいの感想しかありませんが、この翌年には二〇二〇年東京オリンピックの開催も決まり、東日本大震災の後とはいえ、電通はいい意味での大転機を迎えていることは確かなようです。しかし僕がここで書きたいことは、そのことではなく、あくまでもこれはニュースとして差し挟んだことです。いずれにせよ、もう僕の会社ではとっくにありませんが、電通のさらなる大躍進を祈るばかりです。

さてこの章では、僕が電通で出会った才人や変人たちの話をしたいと思います。今のニュースとは正反対の話ですが。

まず第一に挙げなければならないのは、これもOBの新井満氏（今まで純粋に仕事上、尊敬していた今村氏のような人はここでは扱いません）。彼が有名人だからなどということとはまったくの無関係。彼とは新入社員のときからの親友です。僕の彼に対する第一印象は、変なやつだなと言うのがすべてといってもいいです。変なやつというのは、およそ電通に入社してきた野望人間とは正反対だという意味です。もちろん僕も野望人間とは無関係、彼に言わせれば「〝タク〟（井上卓也のタク）くらい出世するとは思えない人間も珍しい」というわけです。つまり上昇志向をまったくもたない人間同士、ウマが合ったということでしょうか。彼が多少の才人であったことは最初からわかっていました。

新人研修があってから、彼は神戸支局へ配属となり僕と同じクリエーティブ局に属しました。夏になって大阪万博研修の帰りに〝満ちゃん〟の神戸支局に遊びに行き、確か勤務中の時間だったと思いますが、僕は神戸見学をさせてもらいました。しかしその頃は特に深い付き合いではありませんでした。なにしろ距離がありますから。〝遠距離友情〟でした。僕は割と早く結婚しましたが、彼を東京まで披露宴に招いた記憶もありません。やがて新井氏は大阪転勤となりましたが、彼の大阪時代のことはあまり記憶にありません。そしてやがて彼のＣＭがヒットしたりして、東京へ転勤となりました。その頃から彼とは時々食事する仲となりました。彼はアルコールが強く、好きで、僕は一滴も飲めないので、年に一回ほど女の子のいる飲み屋に行くと、彼はもっぱらアルコール、僕はカラオケというスタイルでした。

ある日、彼が原稿用紙の束を持って僕のデスクにやってきて、小説書いたから読んでくれ、そして出来が良かったら出版社に紹介してくれと言うのです。僕はその頃、といっても三十代の終わり頃から、社内に吹く冷たいカラッ風に抵抗するように、いわゆる純文学系の小説を書き始め、二回ばかり「文學界」という文芸誌に掲載されたりしていましたが、新井氏にはそんなことは無関係です。僕は新井氏の小説を読みました。僕と新井氏の性格が真反対だったように新井氏の作風と僕の作風も正反対でした。僕は文芸誌に書いても、テーマは人間であってもストーリー小説、つまりエンタテイメントを目指していましたが、新井氏のものは環境小説といったらいいのか、ストーリーなどはまるでないまったく新しいタイプのもので、とても清潔な作風でした。

僕はこの原稿をすぐ文藝春秋社の親しかった編集者に渡しました。編集者は盛んに新井氏の作品を褒め、井上さん、友達なのに作風はまるで反対だねと、笑っていました。やがてしばらくして、新井氏は「尋ね人の時間」という小説で芥川賞を受賞し、僕も授賞式に招かれてお祝いしました。けれども僕は彼とは作風がまったく違うので、そんなことでやきもちを焼くなどということは微塵もありませんでした。彼が芥川賞作家であろうがなかろうが僕には関係ありません。要するにただの仲良しです。今でも最高の親友です。彼が今住んでいる函館から東京に来ると、必ず一度は食事を一緒にしています。彼の素晴らしいところは、芥川賞を受賞しようが「千の風になって」が大ヒットしようが何も変わらないところです。その間に僕はすっかり娯楽小説作家となり、今に至るまで毎日、娯楽小説のテーマを考えています。新井さん、まだまだ僕を楽しませてください。そして妻たちも交えて楽しい時間を過ごしましょう、死ぬまで……。

それからもう一人、やはりクリエーティブにいた鏡明氏。鏡氏は、新井氏との付き合い方とは全然違います。いわゆる友人ではないかもしれません。一方的に僕が友人と思っているだけかもしれません。SF研究家で英語の達人で電通を代表する国際通で……といろいろな顔をもっている秀才で、電通で最近まで執行役員を務めていました。じゃあなぜ彼の名前をここに挙げるかといえば、彼は僕の知恵袋だからです。会社のことでわからないことがあればすぐ彼に聞くし（特に国際的なこと）、おもしろい話題の小説があればすぐに聞くし（万巻の本読み）、僕の小説も率直に褒めてくださってうれしい思いをしました。彼とは食事もしないし、彼も酒は全然飲まないので、飲み屋に行きません。サラリーマンとして落第生の僕のことも決して馬鹿にしませんし、とにかく優しい秀才です。サラリーマン最後の時代は彼の下に置いてもらって、なんとか会社を卒業しました。秀才は世の中にゴロゴロしていて、家族、高校、大学、会社と秀才に囲まれて生きてきましたが、尊敬できる秀才にはなかなか恵まれませんでした。鏡氏は数少ない尊敬できる秀才で、社長になることを願っていましたが、彼にはちょっと欲がなかったのかもしれません。

他にもう一人、個人的付き合いはゼロに等しい人でしたが、エキゾチック・ジャパンのキャンペーンでお世話になったデザイナーのS氏こと鈴木八朗氏。亡くなられてだいぶ経ちますが、電通を代表する才能あるデザイナーだったと思います。JRのフルムーンをはじめ一〇年以上、一緒に仕事させていただきました。平成の歌麿といわれ、江戸時代の浮世絵師喜多川歌麿にも負けない絵師でした。ご自分では「絵師八朗」と名刺に書かれていましたが、とてもお似合いでした。平成の時代に江戸の絵師がいたなんて奇跡でした。

僕はCMプランナーとして、彼はデザイナーとしてお仕事をご一緒したのですが、今考えれば、小田桐昭氏や今村昭氏と同様、彼と組むなんて贅沢な仕事でした。ただし八朗氏はビジネスマンではなくアーチストで、他人の仕事に非常に厳しく、僕も厳しく叱られましたが、最後にプライベートな話で恐縮ですが、僕の小説の一つを読んでくださって、「卓也、おもしろかった。大作映画を見たみたいだった」とおっしゃっていただいたので、お叱りはすべて許します。

他に仕事とは関係ないですが、媒体局の方でチェンバロを組み立てられる方とか、やはり媒体局の方でヨーロッパ中世の楽譜を再現される方とか、仕事と関係ないとはいえ、電通には多芸多才な趣味人がいました。変な会社といえば変な会社、楽しい会社といえば楽しい会社だったと思います。

第九章　いちばん忙しかった年のこと

先にも書いたように、僕は社内では売れっ子とはいえませんでしたが、暇ではありませんでした。まあクリエーティブ局では平均的な忙しさの社員で、仕事は孤独にやるタイプでしたが付き合いはしましました。酒は一滴も飲みませんでしたけれど、ゴルフは好きでよく仲間と行きましたし、一滴も飲めないくせにいわゆる〝ネエちゃん飲み屋〟は時々行ってカラオケを歌いました。この程度の付き合いはしないと、電通ではやっていけません。あとは映画と読書。映画を観るのは年齢とともに減りましたが、今でも健康なら年に五〇本は観ますし、本も小説を中心に年に四〇〜五〇冊は読みます。速読かもしれません。映画はサラリーマン時代は、ほとんどといっていいほど、会社の帰り、または会社を抜け出して観て、土日は家族サービスと読書と企画に使いました。もっとも通勤電車は僕の図書館でしたけれど。家では仕事をしないと誓いましたが、これを守っていたら電通社員はできません。

こんなペースを二〇年ほど続けていましたが、ある年、四二歳のときでしたか、ゴルフ一回、読書七冊、飲み屋〇回、映画三本、家族サービス〇回という年がありました。別に病気はしていません。電通時代は不思議と健康でした。いわゆる狂い咲きというやつで、JRを中心に少し賞をもらったぐらいで、局の会議にも出ない不良社員に仕事が嵐のように襲ってきました。働き盛りといってしまえばそれで終わりですが、この年、数えてみると、CMを二七本作って、そのCMの中で海外ロケが四回（ロサンゼルス三回、上海一回、合計日数八〇日ほど）あり、国内ロケも五、六本あったと思います。その二七本の仕事にすべて、いちばん強烈な企画作業というやつがついていて、やり直しをさせられることもあります。いくら孤独な企画作業が〝主義〟の僕でも、これは辛すぎるし、社内には手伝ってくれる人もいません。仕方ないので〝主義〟を破って外部の人々に手伝ってもらったのは先に書いたとおりです。これがいちばん辛かったのは、電通という組織のせいです。仕事はクリエーティブ局の各上司から下りてきますが、彼らから仕事上の連絡はあまりありません。その上、もっと連絡がないのは営業たちです。営業は、僕が彼らの仕事だけをやってくれていると思っています。常に五、六本の仕事を抱え続けていた僕は、彼らが言ってくる打合せ、会議のスケジュールに合わせることができたりできなかったり。海外に行っているときがいちばん楽でした。当時発売されたばかりの携帯電話には、海外にいてもかかってきましたが、「今、ロスなんですよ」と言えるのは強いです。あとは嘘をついてばかり。「明日は叔母の葬式で」というお決まりの嘘。今、作品集を見ると、よくやったなあ……とつくづく思います。とにかく寝る時間がありませんでした。トイレに行っている時間も考えていました。この頃から、妻が仕事の都合でまったく家にいないことが多くなったので、却って助かりました。常に一人で考えていられるからです。食事は朝以外は外食。体に悪いなんて言っていられません。会社に行っても考えています。家に帰ればロケの準備もあります。犬や猫の世話もあります。今から思っても不思議な生活でしたけれど、うれしかったのは海外ロケ中。遊びに行くわけではないですから、それなりに忙しかったですけど、その仕事のこと以外は何も考えませんでした。顧客やスタッフには悪いですが、一種の骨休めでもありました。その年にたった一回行ったゴルフというのは、ロスで顧客と行った一回です。スコアはロクなものではありませんでしたが、とにかく楽しかったです。

帰国すると、また五、六本の企画にロケの後始末。この頃、いつも娘が言っていた言葉を思い出します。というのも、顧客や営業や上司は、「井上、それじゃあ、来週の月曜日に企画案を見せてくれよ」と決まって金曜日に言います。金曜日はその言葉を忘れて映画を観て帰ります（もっともこの年はほとんど観られませんでしたが）。土曜日になります。頭の片隅には常に企画がありますが、妻や子供たちに誘われて近くにドライブやショッピングに出かけます。誘惑に弱い。下手をすると、土曜日はそれで暮れていきます。

さて日曜日。あれ!? テレビでどうしても見たかったゴルフの試合が……。見てしまう。そのうち夕飯。さていよいよ本当の地獄が始まります。食事の後片付けが済むと、机の上には無数のコピー用紙。コピーを書いては家にあるコピー機でコピーする。一二時くらいまでそのまま考え続け大学生の娘が何かで階下に下りてきたとき言う言葉。

「お父さんはそうやって毎週、背水の陣を敷くのね」

これには毎度笑ってしまいました。寝るのは三時頃、なんとかできたと思う。七、八案か。けれど七時に目を覚ますと、ロクなものがありません。しかしもう無理。そのまま会社に行きます。しかし案外、上司から「おっ、井上、いいじゃん」とか、営業の者から「井上さん、これはいいですよ。一発ＯＫもらえるなこれなら」とか、意外な言葉でホッとしたものです。しかし仕事はこれ一つではありません。次から次へとまったくジャンルの違う商品が押し寄せてきました。しかしこのとき気が付いたことが一つ。悲しいことですが、人間は忙しいことに慣れるし、忙しいことがうれしいのです。自分が売れていると、勘違いするのです。もしかしたら誰も嫌がってやらない仕事が自分の周りに集まってきただけだったかもしれません。一つのＣＭが完成し、顧客のＯＫが取れたら、ハイ次！　となるのです。そうして気が付いてみると、ワンシーズン、春が過ぎると五、六本のＣＭがテレビ局にオンエアーのために送られて、僕は家庭でそれを見ていました。

僕は幼い頃から、やはりジャンルはアートだったけれどメチャクチャに売れている中年男を知っていました。その男は「若い頃、注文のあった仕事は全部受けた。断ったことはない」ということをよく言っていたので、僕もレベルは全然違うけれど、その言葉に影響されていたかもしれません。そしてまた次から休む間もなく、また新しい仕事です。

ただ、どうしても考えつかないことが一回だけありました。それは自分一人でやったものので、食品会社の仕事でした。どうしても何を考えても案が出てこないのです。いつものように月曜日が締切で、顧客も会議に出席すると営業からの知らせです。僕は日曜日、朝五時までコンテを考えていましたが、出てこないうちにうつらうつらしてしまい、気が付くと七時です。給料をもらっているのですから、「できませんでした」はありえません。あとは入院するぐらいの急病しかありません。そんな急に病気になるはずもない。あとはビルから飛び降りるか……。いつもの通勤電車に乗りました。当時の本社、築地の電通があった近隣の駅、新富町駅が近づいてきます。ところが車内でひらめいたのです。会議まで三〇分なかったのですが、僕はその案を大急ぎでコピー用紙にコンテ化して描きました。それは、ただなぜか、通勤の電車客が全員それ…醤油だったかな…を抱えているというだけの企画です。ごくふつうの顔をして。

その仕事は僕がこの世で初めて考えさせられた〝醤油〟のCMだったと思いますが、肝腎の企画の内容が、詳しくは今書いた程度しかまったく出てきません。人間の脳の構造って不思議ですね。とにかく会議室に飛び込むと、顧客の部長、電通の営業部長と、担当が僕を見て笑っています。

「お前、寝坊したのか」

というわけです。そして会議が始まって僕が自分の案を説明すると、優しい顧客の部長氏が、

「よくできてるね」

と言われたのです。この言葉も、僕の三十五年の電通生活で言われた最もうれしい言葉のひとつでした。ほんの時たま大きな賞をもらって社内の偉い方に褒められたときよりも、

はるかに。もしあのとき、カラ手で会議に出たら、どうなっていただろうと、いまだに思い返します。こんな合間を縫ってロサンゼルスに三回、上海に一回ロケに行ったのですが、海外ロケの話はまた別の機会に。

この四二歳の年に作った二七本の次はぐっと下がって一年に一五本ぐらいです。まあ一二～一五本くらいが平均で、忙しくもなく暇でもなくちょうどいい湯加減でした。この一年の末に、僕は普段ほとんどしなかった忘年会を、お世話になった方、三〇名くらい集まっていただだいて楽しくしたのを覚えています。僕は相変わらずアルコール抜きのカラオケ専門でした。

ただ僕は売れっ子ではないので、こんなデタラメな忙しさはこの一年だけでしたが、こういう忙しさを一〇年以上も続けていた人を三名知っています。僕にはあの忙しさを一〇年以上続けるということは、考えられないというより考えただけで気持ちが悪くなりそうでしたが、社内にも社外にもおりました。電通には、局は違っても、こんな人がたくさんいたに違いありません。実は僕が知っていた人のうち、二名は早逝されてしまいました。いくら売れていても、人間がというより、精神が続くはずがありません。もうひとりは今も（ご老人ですが）お元気です。よほど精神が強靭だったのでしょう。

海外ロケとは何か

ついでにというのも変ですが、忙しい生活の話をしたので、海外ロケとは何かということも書いてみたいと思います。電通の社内講演会で講師をさせられたとき、話したことがありますが、海外ロケの中身は、その必要性によって大いに違ってきます。

ただ海外のその地方の風景が欲しいから（例…イグアスの滝など）、これがいちばん単純な理由です。よくこういうロケを揶揄して海外リョケなどと言っていました。

海外大タレントを使うため

たとえばアメリカの映画、テレビ俳優はＣＭには出ないと書きましたが、これはアメリカ国内に限ってのことで、日本のＣＭには出ます。もちろん大きなギャラが待っているのですから。アメリカでは流さないという条件で。こういうタレントが仕事でアメリカを離れられないとなれば仕方ありません。当然、日本の撮影スタッフがアメリカに行くことになります。

使うディレクターが外国の監督の場合

これもあります。ほとんどその監督が帰属する国へ行くことになります。

その他の特殊な場合

そのCMが撮れる撮影スタッフや編集スタッフが、たとえばアメリカにしかいない場合とか。僕は一回、この理由でロスに行ったことがあります。

音楽がたとえばアメリカの作曲家でアメリカでしか録音できない場合

これは撮影ではありませんが、MA（録音）のためだけにアメリカまで行きます。

そのほかいろいろありますが、これらの条件がミックスしていたこともありました。今は海外ロケは一時よりずっと減りました。CMの制作予算も減ったし、風景や海外タレントへの憧れも減りましたし、とにかく全体的に必要が減りました。しかし僕の若い頃は全CMの二割くらいは海外ロケだったかもしれません。海外ロケといえば、ロサンゼルス、サンフランシスコと、アメリカ西海岸が多かったのですが、なにしろ映画の都ハリウッドがロスにありますから、撮影機材や撮影や編集のためのスタジオやスタッフに困らなかったので、いろいろな意味で行きやすかったのです。最初から条件に恵まれていました。ということは日本の、英語もろくに話せないスタッフたちの撮影サービスをしてくれるコーディネーター会社がたくさんあったということです。

撮影サービスはもちろん、ホテルの手配、食事の手配まですべてです。日本だけでなく、韓国やイタリアのスタッフたちとロケ場所の取りあいをしたこともありました。ですから僕の場合、ロサンゼルスという街は、あくまで仕事のうえのことですが、慣れたことは確かです。ロスのロケではコーディネーター会社のお陰でトラブルに遭ったことは一度もありませんでした。しかしアメリカ以外、特にアジアのロケは大変でした。僕はこの忙しい年の末に、ある食品メーカーのＣＭで上海へ行きましたが、ここではアメリカのロケの場合では考えられない大きなトラブルが数回発生しました。このことは今の微妙な日中関係もあり、ここで書くのは控えようと思います。まあ、僕には海外ロケとは一時代の徒花と思えてなりません。

第一〇章　電通らしさって何だ

二名だけでしたが、僕には博報堂に友人がいました。いましたというのは、実は今はちょっと消息が不明なのです。お一人のほうは大病を患っていらっしゃるという噂を聞いています。でも二人とも年齢は僕と同じくらいで、特にひと方は一昨年あたりまで親友で、しょっちゅう食事をしていました。今さら仕事の話なんかまったくなしで、もっぱら世間話です。しかし一〇年ほど前までは仕事の話（といってもお互いの具体的な話はゼロですが）もしました。それはお互いにクリエーティブでテレビCMプランナーをしていたので、自然こういう話になるわけです。

そのときプランナー氏が何回も言われていた言葉があります。

「井上さん、電通らしさってなんだろうって、俺つくづく思うんだよね。博報堂にいようが電通にいようが、同じ大きな広告代理店だから、違うところなんてほとんどないよ。ビルがバカでかいか、まあまあでかいかぐらいの差だと思うんだけど、何か違うんだよね。というのは俺はもちろん電通にいたことはないんだけど、小さな代理店にいたことがあってね、そこも博報堂とは何か違ったんだ、小さいということじゃなくて」

僕はこの質問には答えようがなかったのです。これはプランナー氏の電通に対する社交辞令にはまったく聞こえませんでした。彼は本心でそう思っていたのです。しかし僕は一つだけ答えをもっていました。それは彼らに会うために田町まで出かけ、博報堂さんの社内に入ると、実に整然としてきちんとした会社がそこにあるのです。僕の広告代理店のイメージ像は電通と、もう一つ仕事も含めて何回か行った韓国のソウルにあった第一企画（チェイル・キフェと読み、日本の同名会社とは無関係。韓国最大の広告代理店）だけです。やはり韓国の代理店も実に整然としていました。電通は確かに汐留に来てからは、外見は大会社の貫禄があり、実にきちんと整理されていますし、警備も完璧に思われます。ところがもう少し若い頃を思うと、本当に雑然としていて警備も弱々しく、これで会社は大丈夫なのかな……と心から思っていました。もちろん今まで何度も書いてきたように電通社内は複雑な構成でできていましたから、部署によっては全然違うきちんとしたところもあったのは言うまでもありません。しかしクリエーティブだけでなく、たまに媒体局あたりに遊びにいってもその雑然（失礼）ぶりはあまり変わっていませんでした。これは僕には吉田秀雄氏以来の血となり肉となった社風だと思いました。整理なんかどうでもいい、どんどんばんばん仕事しろ！　がんがん動いて仕事を取ってこい！　これが電通の社風でした。自由というか体育会気質というか。特に僕が思うに、当時のクリエーティブ局はひどくて、もちろん非常に真面目なきちんとした方もおられましたが、朝九時半出社という普通の会社より半時間近くも遅い出社時間だというのに、一〇人いた僕の部署なんかは九時半にまだ四人しか来ていなかったなんてことはしょっちゅうでした。前の日に仕事で徹夜したというのなら仕方ないですが、そんな様子もなくやっと十時頃、全員集まると、部員みんなでコーヒーを飲みに行ったりしたこともしょっちゅうでした。しかしそんな社風（そんなひどいのはクリエーティブだけでしたけれど）にもかかわらず仕事で大失敗するようなことは何年かに一度、どこかで起こった事故を聞くぐらいなものでした。当たり前のことですが、皆仕事の意味は知り抜いていましたから。

博報堂プランナー氏にそんな思い出話をすると、

「時々、噂には聞いたけど、本当のことだったんだね。井上さん、羨ましい。だけど俺が聞きたいのはそういうことじゃなくて、そんな社風で、どうしてあれだけのすごい仕事があれだけ大量にできたのか、それを聞きたいんだよ」

とプランナー氏はまじめな顔で言います。僕は博報堂さんと共同作業をしたことは一度もありませんし、その友人も人の紹介で知り合った方でした。僕はそういうまじめな質問に、もし答えがあるとすれば（ないかもしれない）、たったひと言、こう言います。

その自由な社風が、社員の仕事に対するプレッシャーを楽にしていたんですよ。プレッシャーなんてないほうが楽に決まっているでしょ。それとなんというか、厳しい、恐ろしい役員や上司はゴロゴロ居たんだけど、本当に心から怒鳴っているように俺には聞こえなかった。もちろん営業の会議はすごかったけどね。本当に営業に行かなくて良かったけどね。だからといって二四時間、めちゃくちゃにピリピリしていたら、人間なんてすぐノイローゼだろ、その辺のバランスの取り方が実に上手な会社だと俺は思った」

そう答えたかったのですが、氏は僕の答えも聞かないで、次の質問に入っていきました。

「ねえ井上さん、博報堂も電通もでかい代理店だから、でかいお客さんがいっぱいいるじゃないですか。だけどどうして競合ではなかなか勝てないの、電通に」

と、そんな中心中の中心の質問をしてくるのです。

「そんなこと、俺なんかぺーぺーのCMプランナーは知らないよ。やたらとでかい仕事を博報堂さんにやられて泣いている営業をいっぱい見てきたよ。電博っていい勝負なんじゃないの」

「井上さん、社交辞令はやめてよ、それだったら扱い（営業上の成績、つまり営業収入のこと）がこんなに違うのって変じゃないですか」

これは事実だったので、僕はストレートには答えられずに、そのまま黙っていました。しかし僕にはこれもやはり電通の荒っぽい体育会的気風と鬼十則、社歴の長さが影響していると思いました。顧客の側から言わせれば、

「よしっ、この荒っぽそうだけど頼りになりそうな代理店に任せてみるか……」

そんなところだったんじゃないでしょうか。でも現実は当たり前ですが、先にも書いたように博報堂さんだけではなく、他の無数の代理店にプレゼンで敗れることはしょっちゅうだったんですけど。僕は今でもそうですが、若い頃から〝頭脳〟ではなく、〝感性〟で勝負するタイプだったので（このことは他人から何十回も言われました）、この電通の社風に、入社後二、三年はビクビクしていました。けれども人間ってたいていの場合、うまくできていて慣れてしまうものなんですね。五、六年も経つと、プレゼンのことで五、六歳年上の営業と怒鳴りあいをしていました。

要するに、会社で人間まで、よくいえば強くなった、悪くいえば荒っぽくなったわけです。クリエーティブを卒業する頃には、〝ケンカの井上〟と言われるようになってしまいました。プライベートなことで恐縮ですが、僕が電通を辞めたとき、妻が、「あの弱々しかったあなたが、あの会社でよく働いたわよ」と言ってくれたのは、うれしかったです。妻も経済人なので電通の社風は多少は知っていたと思われます。

社風というのは、一朝一夕で変えられるものではないですけれど、噂によればバカヤローと言って出世していったタイプは減り、今は文化系気質の秀才たちの方が偉くなっていくようで、電通もだんだん変わっていくのだなと思います。

博報堂さんの実に静かなロビーで、僕はお得意の妄想をしていました。

「もし僕が博報堂さんに就職していたら」〝ケンカの井上〟なんて不名誉なあだ名はつけられないで、〝紳士の井上〟なんて言われていたかもしれないな、と。

その博報堂プランナー氏がもうひとつ言われた言葉に驚きました。

「僕は今、上司から電通クリエーティブチームの研究をさせられています。特に鏡明氏（前述の友人）のお仕事を中心に」

僕は博報堂さんてなんとまじめないい会社なんだろうと思いました。もちろん電通でも僕が知らないだけで博報堂さんの有名チームの研究をしていた人もいるかもしれませんが、両者の社風の違いを感じたことも確かです。最近の電通は別としても、電博は大学にたとえれば体育会系（電通）対文科系（博報堂）だなと。

第一一章　もう少しプレゼンの話

電通らしさの話を書いたついでに、もうひとつ僕が電通らしかったなと思う仕事を書いてみたいと思います。もうこの頃は駅のポスターを見ることがなくなりましたが、やはりＪＲの話で恐縮です。これも僕が会社に入って一〇年くらい経った頃の話で、初めてＪＲの仕事に触れさせてもらった頃のことです。もうすでに小田桐昭氏がＪＲの仕事（彼はＪＲの仕事はサイドの仕事でメインには今のパナソニック（松下電器）の仕事をしていました）のＣＤをしていて、まだ三五歳くらいだったと思います。

「おい卓也、フルムーンの仕事、手伝ってくれ」と言われました。手伝うという言葉は適切ではありません。アシスタントのアシスタントみたいなものです。フルムーンという商品については、まだご存じの皆様も多いと思います。日本に少し経済的な余裕が出てきて、ちょっぴり贅沢旅行の企画です。夫婦合わせて八八歳の年齢に達した方を対象に、グリーン車で一週間の旅、確か当時（もう三〇年以上も前のことですが）、七万七千円だったと思います。今はもっと高いですが。グリーン車で移動して一週間、いい宿に泊まり、七万七千円は当時は高いという印象をもたれたと思いますが、人生にひと息ついた方々に、〝第二のハネムーン〟をしてもらおうという企画でした。この頃、夫婦合わせて八八歳のご夫婦というと、戦前から戦後に青春を過ごして大変ご苦労された方々だと思われます。ＪＲから、ある年齢に達したご夫婦に旅の企画をという要求に応えたプレゼンで、競合ではなかったはずです。というのも、プレゼンは僕が小田桐ＣＤの下に入ったときにはもう終わっていたからです。あとは撮影あるのみという事態に至っていました。フルムーンという素晴らしいネーミングは、先にも僕が詳しく紹介したデザイナーの鈴木八朗氏が職域を超えて書いたコピーだと聞いていましたが、真相はわかりません。鈴木氏は世を旅立たれたし、当時のスタッフにもなかなか連絡がつかないからです。

さてフルムーンのテレビＣＭは、それから一〇回以上は続いていくのですが、その第一回目を飾った〝ご夫婦〟は上原謙（当時七三歳、あの加山雄三氏の父上です）、高峰三枝子（当時六四歳）のコンビです。実はこの後、本当のご夫婦に出ていただくことが多くなるのですが、第一回目は戦前から活躍されているお二人ということになりました。だいぶお二人の年齢が高くなりましたが、さすがは大俳優のお二人、立派なテレビCMが二年連続で完成しました。第一回は日本でもそろそろ姿を消そうとしていたSLを使おうということになり、確か山口駅での撮影となり、二年目は社会現象ともなった群馬県の法師温泉での入浴撮影でした。高峰三枝子さんといえば戦前からの大女優で、そのほとんどがお上品なお嬢様役か奥様役としての映画、テレビの出演でしたから、この入浴シーンに世の中はびっくり。しかもCMですから限界があるとはいうものの、年齢では考えられない豊かな胸の谷間を見せられたからです。本当に日本中が大騒ぎというのはオーバーですが、世間では大変な話題でした。確かこの第一回、第二回のCMは、当時すでに映画監督として売れていた大林宣彦氏に演出していただいた記憶があります。

なぜこのCM（それからも続くフルムーンのシリーズ）が電通らしいかと思うのは、やはりJRさんに全面的に信頼されて作っていた作業現場が僕の脳裏によみがってくるからです。個人対個人の信頼もありますが、組織対組織の信頼というか、余裕がとても感じられるのです。顧客に気を配って縮こまって作るのではなく、まるで映画でも撮るように。

それから小田桐氏が社内で偉くなられて少し現場を外れられてからは、テレビCMは一人で何本かこのシリーズを担当させていただきました。この間、新聞を見て驚いたのですが、白川由美氏が亡くなられ、もうだいぶ前にご主人の二谷英明氏も亡くなられていて、僕はひどく寂しい思いをしました。というのも、上原、高峰氏から何年かして二谷・白川ご夫妻に出演をお願いして、函館で二、三本作らせていただいたのです。函館の牧場の近くにあった立派な洋館をお借りして撮影しました。白川さんはとても明るい方で、二谷氏はまだまだあの日活時代の大アクション俳優の貫禄充分で、お仲の良さにも当てられました。僕はこの撮影では、二谷さんに忘れられない深い思い出があるのですが、それは次章で詳しく書かせていただきます。そのあとは僕が社内（クリエーティブ局内）で異動があってフルムーンシリーズは他の方が担当するようになりましたので、思い出はここまでですが、ああ〝電通に入って良かった〟という思いは未だに深く残っている作品（シリーズ）のひとつです。

というわけで、他の代理店と比較するつもりなどまったくないし、実際その差異なんて何もなく組織が大きいか小さいかだけだったのですが、やはり大きい方が少し得をする業界だったことは確かみたいですね。顧客からすると、何か少し安心、とか思われたのかもしれません。誤解もたくさんあったと思いますが。

もうひとつ、顧客のいないＣＭを作ったことも思い出します。それは東日本大震災が起こった直後、皆様、ご家庭でずいぶんご覧になったと思いますが、ＡＣ（公共広告機構）のＣＭです。僕がＡＣのＣＭを作ったのははるか前、エキゾチック・ジャパンを作った頃の話ですが、やはり小田桐氏の下で教育ＣＭを作りました。どういうことかといいますと、子供はいつも大人を見ていますよという意味のもので、ゴミをポイ捨てするなというテーマのものです。大人がゴミをポイ捨てすれば、子供だってポイ捨てするようになりますよという道徳ＣＭです。

ＳＦ作家として名高かった野田昌宏氏に、結婚式で着るようなタキシードを着てもらい公園のベンチに座って缶コーヒーを飲んでいただくと、野田氏と一緒に同じベンチに座ったかわいいタキシード姿の子供たち五人くらいも皆缶ジュースを飲んでいます。野田氏演じる大人がコーヒーを飲んだ後、缶をポイ捨てすると、子供たちも一斉に公園に缶カラを投げ捨てます。そこにコピーが文字で『子供は大人のコピーです』と入って、「子供は大人のコピーです。だから大人が気をつけなくっちゃ」とナレーションが入るというだけのシンプルなＡＣのＣＭでしたが、アメリカのＣＭ協会の優秀賞をもらいました。顧客がいないので、気楽といえば気楽ですが、楽しい仕事でした。

あと変わった仕事といえば、普通の劇映画の予告編を二回ばかり映画会社からの依頼で作りました。普通に劇場で流れるもので、これもいわゆるＣＭ制作作業と違って楽しい仕事でした。本編には入っていないラブシーンを撮ったりしてハラハラドキドキでした。

さてそんなこんなで電通に三十五年いる間に、五〇〇本くらいのＣＭを作らせてもらったのですが、今見ると、皆楽しい仕事でした。辛い企画作業にフウフウ言わされたことはもう忘れました。今やその代わりにフウフウ言いながら小説を書いています。

第一二章　懐かしいタレントさんたち

まるでミーハーなことを書きますが、この業界でCMを作らせてもらうようになって、最初のうちは信じられなかったことのまず第一が、死ぬまで会えないと思っていた有名なタレントさんと何度も会えたこと、その第二がハワイやロスはともかく、行くはずもなかった海外の珍しい所に海外ロケで行ったことです。そして今、電通を辞めてから、というより辞める一五年くらい前からタレントCMは嫌いになり、海外ロケは行きたくなくなりました。海外ロケのことは書いたので、もう書きませんが、タレントCMのことは、タレントCM撮影に伴う各種の交渉作業が嫌になったからです。新入社員の頃から考えたら、なんて贅沢なことでしょうか。

僕が初めていわゆる有名タレントさんと仕事をしたのは誰だったろうかと思い出そうとするのですが、思い出せません。無理に思い出そうとすると、タモリさんが出てきます。

やはりＪＲ（国鉄時代）の新幹線初期の仕事で、新幹線の椅子が快適になったというお知らせの一五秒スポットＣＭでした。今や散歩のプロ〝ブラタモリ〟として超有名な、七〇歳を越えた彼も、まるで学生のような若さでした。

このＣＭはスタジオに新幹線の一車輌を持ち込み、二、三時間で撮影を終えました。覚えていることといえば、タモリさんがとても感じのいい方で、売れ始めた頃なのにそんな顔は一度も見せません。まるで我々スタッフの一員みたいでした。今の〝散歩〟を見ていてもタモリさんの〝いい人〟が丸見えですが。しかもこのとき、新幹線ができて間もなくで、国鉄はまるでお金がなく、エキストラみたいなギャラしか払えませんでしたが、何もおっしゃいませんでした。僕はそのときが彼の実際の顔を見た最初で最後ですが、今でも彼のファンです。初対面の印象ってすごいですね。

それからは何人かのタレントさんと次々と仕事をさせていただきましたが、特別な印象はありませんでした。ですからここでは印象に残った方たちだけを書いていくつもりです。あ、そういえば大々スター、三船敏郎さんのことは少し書きましたね。世田谷区の成城にある三船プロで、今村氏に連れていってもらってお会いしたこと。今村氏から僕は三船氏に、「今度、電通に入った井上君です」と紹介されました。すると〝天下の〟三船さんは

微笑まれて、

「そうか、若者、頑張れよ」

　とひと言だけ声をかけてくださいました。僕は答えることができませんでした。他の仕事で親しくしていた三船さんのマネージャーみたいなことをされていた小嶋不司止氏と一緒に帰ったとき、小嶋氏が言われたことをよく覚えています。

「井上さん、僕ね、三船さんとは長い付き合いだけど、呼び捨てにされたことは一度もないです」

　このひと言だけで、彼の紳士ぶりがよく伝わってきました。本書とは直接関係ないですが、小嶋氏は石原裕次郎氏の付き人も短い間されたようですが、

「裕次郎さんもすごい紳士で、呼び捨てにされたことはありません。小嶋君か小嶋さんでした」

　この小嶋氏の言葉で僕の芸能界への印象はガラッと変わりました。もちろんそれとは正反対の方もいたようでしたが、僕は知りません。

　それから正直いってやりにくいタレントさんとも仕事をしました。やりにくいという意味は、少々わがままという意味です。でもそれは仕事ですから仕方ありません。それから

間もなく全盛時代のアイドル真っ盛りの斉藤由貴さんと、ある電機メーカーの仕事でご一緒しました。斉藤さんのことはいろいろ女性らしい優しい噂は聞いていたので、自信をもって顧客に推奨しました。とても感じのいいかたで、大アイドルだったのにそんな顔はまったくしません。当時（今も？）所属していた東宝芸能のマネージャーも感じのいい方で、友人みたいになってゴルフに行った思い出もあります。

由貴さんは、わがままなことは一切おっしゃらず、食事から何から「すべてスタッフと一緒にしてください」と言われました。そしてその頃（？）住んでいらした江ノ島近くの電車の話をユーモア込めて話していました。僕はもちろん、由貴さんのことはテレビや写真の顔以外はまったく知らなかったし、顧客も電通の大切な顧客だったのでとても緊張していました。そして監督には由貴さんと映画で何度か仕事されていたこれもとても感じのいい監督、大森一樹さん（「ゴジラ」で有名）を選んで、演出していただきました。由貴さんとは確か二本撮影したと思います。

それから先ほど少し書きかけたフルムーンでご一緒した二谷英明さんのことです。本当に明るい奥様が最近亡くなられたのが信じられません。二谷、白川ご夫妻と函館の洋館で仕事をした後、食事をするために休憩していました。仕事は終わったし、食事まではしばらく時間があったので、ご夫妻と牧場を散歩していました。そのとき僕の悪いミーハー癖が出て、「二谷さん、ミーハーみたいですが、お二人で写真を撮らせていただいてもいいでしょうか」と言って、制作進行の若者にカメラを渡しました。このとき二谷さんに言われた言葉も忘れません。ひと昔前の大俳優さんのファンの捉え方というものに唸りました。

「井上君、何言ってるんだい、僕と君とはもう友達じゃないか」

とおっしゃったのです。ミーハーの僕はこの二谷さんとの写真をアルバムに大切に保管しています。僕と大俳優さんの、しかも初対面に近い二谷英明氏が友達であるはずもないですが、昔の大俳優さんはこういう表現ができたのですね。

それからまた、東宝芸能さん所属のタレントさんと仕事をする機会がやってきました。今でもミステリードラマなんかで大活躍の沢口靖子さんと西武プリンスホテルの新ホテルオープンのお仕事でご一緒させていただきました。美人で有名な彼女のこと、わがままを心配した自分が恥ずかしくなるほど素敵な方でした。素敵という意味は、斉藤由貴さん同様、とにかく明るくて感じが良かったことです。仕事していて何の心配もなし。まるでスタッフに溶け込んでいました。演出した人は大手のプロダクションの当時は若者でしたけれど、監督に横から注文をつけるようなことはまったくありませんでした。沢口さんとはやはり二本仕事をしたと思いますが、それから二、三年して、当時、聖路加タワーにあった電通から昼食のために外に出ると、「井上さーん」という声が聞こえてきました。当時、そんな声をかけられるほど親しい女子社員もいませんでしたから、井上という姓は多いから人違いかもしれないと思って声のほうを向くと、なんと沢口さんがニコニコ顔で立っているのです。あまりのことに慌ててしまいましたが、二、三人の友人と一緒でしたし、気さくな方だということは知っていましたから、

「沢口さん、お昼、ご一緒しませんか」

と気軽に誘うと、

「井上さん、ダメダメ、今、撮影中」

沢口さんの後ろを見たら、大きなアリフレックスムービーカメラが回っていて、びっくり仰天。慌てて飛んで逃げました。沢口さんてそういう方です。僕なんかの名前をちゃんと覚えていて声をかけてくださるなんて、ミーハーの僕はちょっと自慢顔でした。

それからスポーツ選手とも仕事をしました。今やいいお年になられた王貞治さんの全盛時代、彼は巨人軍の助監督をされていて、宮崎のキャンプで仕事中のところを、一時間ほどCMの打合せのために空けてくれたのですが、なんと宮崎行きの飛行機が天候悪化のた

め、鹿児島へ到着することになったのです。僕とプロダクションのプロデューサー二人で出掛けたのですが、飛行機では連絡のしようもないし、マネージャーの方は良い方でしたけれど、時間には厳しそうでした。でもどうしようもありません。僕たちは鹿児島に降りてすぐ宿に事情を話し、宮崎のキャンプまでタクシーで向かいました。相当な金額でしたけれど、仕方ありません。到着すると、マネージャーからは少しお叱りを貰いましたが、王さんは、

「飛行機じゃあ、君たちもどうしようもないよな。打合せは明日時間をつくるから食事でもしてきなさい」

とおっしゃってくださいました。マネージャーの方と三人で鰻重を食べたのを覚えています。王さんもとても紳士でした。

それから外国人タレント。タレントといってもプロゴルファーです。これもずいぶん昔の話で、ある不動産屋さんの仕事で、プロゴルファーを使ってほしいとの強い希望でした。まだ尾崎さんや青木さんの全盛時代。タイガーウッズが出てきたばかりの頃です。皆様もご存じないと思いますが、一九八九年、一九九〇年と、全米オープンを二連覇した強豪で、カーチス・ストレンジというプロがいました。今も元気でアメリカのゴルフTV中継の解

説をされているようです。顧客の不動産屋は高くてもいいからこの人を使ってくれということでした。僕はアメリカのＩＭＧというプロスポーツ選手やエンターティナーと契約を交わしている事務所と交渉して彼との交渉締結になんとか成功しました。もっとも僕は英語が苦手だったので、国際弁護士さんに手伝ってもらいました。

仕事は順調でしたが、ロスに着いてからもいろいろ交渉ごとがあり、撮影まで一〇日くらいはかかったと思います。撮影はロスから車だと二時間半くらい、小型プロペラ機で一時間半くらいかかる砂漠地帯、パームスプリングスにあるゴルフリンクスで、ということになりました。いよいよストレンジが来るというので、当時、全米ランキングで一位か二位を占める選手だったので、どうせ大勢の〝弟子〟たちを連れて乗り込んでくると思い込んで何台かホテルまでの車を用意していたら、機内から出てきたのは普通のお客さんの中に彼一人が混じっていてクラブをかついでいる。これにはびっくり。しかし当たり前のような顔をして子供じゃないんだからというようなことを言いながら我々の用意した車に乗り込み、僕と握手しました。

僕は日本の当時の花形プロゴルファーたちを思い浮かべながら、信じられない思いでホテルに向かいました。とても綺麗な英語をしゃべるので、英語下手の僕でも半分くらいわかり、ホテルまで一時間ほどのとても楽しいドライブとなりました。後から聞くと、彼の紳士ぶりは有名だということでした。食事は皆でするると疲れるから一人にさせてくれということで、その晩は彼一人で食事をしたようです。

顧客からの、ある意味ではゴルフと無関係な不動産会社のＰＲの挨拶にもきちんと答えてくれ、ドキドキしていた僕としては大助かり。ＣＧ編集まですべてロスでやってきたので、結局、一か月をロスで過ごしました。

まあこんなわけで、コメディアンからスポーツ選手、大俳優までご一緒に仕事をしたのですが、僕は四五歳を過ぎたあたりから、顧客にはタレントを勧めることは止めることにしました。契約金も莫大ですし、交渉ごとも大変ですし、今ここに僕が書いたような人たちばかりとは限りません。簡単に言うと、面倒臭くなってしまったのです。今、ＣＭを見ていると、さすがに海外ロケは大幅に減りましたが、タレントＣＭは相変わらず盛んですね。まあある意味ではタレントＣＭはとても楽です。タレントがすべてですから割とシンプルなアイデアでいけてしまいます。

でもカンヌをはじめとする国際的なＣＭフェスティバルで、日本のＣＭは意外と賞に入らないのです。それはタレントＣＭなんか出しても、国際審査員にはただのモデルにしか見えないし、何を言っているかもさっぱりわからないというわけです。もちろん日本のＣＭでもアイデアの冴えたＣＭは賞に入ります。数は多くはないけれど。もちろんＣＭは国内用に作るものだから、海外の賞なんかとっても仕方がないという声も耳に入ります。そうだとすれば、海外のＣＭなんかに応募しなければいいのです。

ここまで書いたように、有名タレントさんでも全然ふつうの方と変わらない方がいらっしゃるということを知ってほしくて、この章を書いたわけです。それに電通にとっていちばん大事なことはタレントさんではありませんから、顧客に莫大な契約費を払わせることに僕は電通人であった頃から反対でした。

第一三章　オリンピック招致プレゼンテーションに対する僕の感想

東北六魂祭の話を、見ないものは書かないという原則を破って少し詳しく書きましたが、それは僕がこの世でいちばん親しい人（妻）が山形の開催に深く関わっていたという例外があったためです。お陰で、マッカーサー通りで東北六魂祭の開催が決定というニュースをいち早く知ることができました。六年前には東北に元気を取り戻そうという小さなイベントが今や六年間にここまでの大イベントになったことに、僕は電通の力と、東北を元気にという心意気にOBながら敬意を覚えます。

話は変わりますが、イベントといえばオリンピックがおそらくサッカー・ワールドカップと並んで世界最大のイベントでしょう。皆様、ご存じのように次回二〇二〇年のオリンピックは、二〇一三年九月、アルゼンチン・ブエノスアイレスに於けるプレゼンテーションで二回目の東京オリンピックが決定されました。僕もこのわずか四五分という短い時間しか与えられていないプレゼンテーションをテレビで見せていただきました。僕はすでに電通人ではなかったので、一市民としてこのプレゼンを家庭のテレビで妻と見ました。ただ、僕が言えることは、このプレゼンに対する元電通社員としての感想です。

僕はこのことをできるだけ深く書こうと思って、元幹部の方に電話でインタビューしましたが、〝何も知らない〟という言葉だったので、インタビューはやめにしました。僕はもともとインタビューという行為は、事が何であれ、よく知らない人には期待しない人間なのです。本当のことを言う人はなかなかいないからです。嘘をついているのではなく、誤解をされるのを恐れているのです。僕にもそういう心理があります。テレビ番組に出演したことがありますが、上がってしまったこともあってロクに話せませんでした。

だから僕はあくまで、このオリンピック招致プレゼンに電通がどういう貢献や仕事をしたのかを知らないのです。もちろんネットではいろいろ見ましたが、信用できる情報がないのはもちろん、ヘイトスピーチの類までありました。ただ出席者の皆様の演説は誰のものもとても素敵でした。特にパラリンピアンの佐藤真海さんのスピーチは僕には素晴らしく思えました。それから滝川クリステルさんのスピーチも楽しく聞かせてもらいました。

例の〝おもてなし〟プレゼンです。それと安倍総理のプレゼンもＬＥＧＡＣＹという言葉が効いていると思いました。他の方々のスピーチも高円宮妃殿下のスピーチも短かったけれど素敵だと思いました。竹田恒和さんのスピーチも説得力を感じました。つまり皆さんのいろいろ考えられたスピーチの総力の勝利だったのではないでしょうか。それから福岡の株式会社ＫＯＯＩＫＩという映像プロダクションが作成した競技映像も最高の出来でしたね。僕はこのプロダクションも、ディレクターをされた江口カンさんという方も存じ上げません。こんな素敵なプロダクションが福岡にあるんだな、とそう思いました。東京人の悪いクセですね。おそらく電通はプレゼンテーションのパフォーマンスの内容よりも海外に展開している電通関連会社、たとえば電通スポーツの努力でいろいろ国際方面からの支援（裏金ではない）したのだろうと、僕は考えていますが、これも僕の推測にすぎません。

でもとにかくロゲＩＯＣ委員長（当時）が「トーキョー」と宣言したとき、僕も妻も素直に大喜びしました。東日本大震災の暗い爪痕がまだ残っていた（今も）時が時ですから、久しぶりの大きな明るいニュースだったわけです。僕は少し涙を浮かべてしまいました。

でもこれからです、すべては。電通の活躍も。グローバリゼーションが電通の今の柱ですから失敗は許されません。少なくとも一九六四年の遠い昔のあの東京オリンピックや札幌冬季オリンピック、それから長野冬季オリンピックの大成功を超えるものにしなければなりません。

一年半ほど前、ある週刊誌にT元専務を中心とした（電通スポーツ・ヨーロッパなど）疑惑が書かれていて、僕も読みましたが、僕はT専務の顔も知らなかったけれど、すべて憶測記事なのでここで取り上げる性質のものではありません。元電通人として先にも申し上げましたが、潔白を信じています。そんな莫大な金でアフリカ票を買うような余裕があるとは、とても思えません。少なくとも僕の知っている電通は金銭にはとても清潔な会社でした。当たり前ですが、僕は三十五年間、サラリー以外のお金は一円も貰っていません。昔はせいぜいタクシー券が使えたくらいのもので、ほかにはまったく金銭問題は知りませんでした。

とにかくリオ五輪の後の四年間、電通はスポンサー集めから大変だと思いますが、頑張ってくださいというほか、僕の立場はありません。噂にはロクなものがないというのが僕の信条です。話が逸れますが、電通時代、時々とんでもない話が飛び込んできました。

「あのさ、この前の日曜にさ、会社が空いていたのをいいことに、会議室で結婚披露宴やったやつがいるらしいよ」

とか、

「あのさ、先週あるやつに聞いたら、お得意さんに行って宣伝部の女子社員に、ねえちゃんタバコ買ってきてくれやって言ったやつがいるんだって」

そんなとんでもない噂が、仕事とは無関係に飛び込んできて、誰？誰？いつ？　と問い質してみると急に話が曖昧になって、誰に聞いてもそんなことわからないとなって、結局、根も葉もない話だったなんてことを経験しました。

僕は噂話というのはそうしたものだと思っていますので、元専務の話は彼が逮捕され正式に起訴され、東京オリンピック取り消しなんていう事態になったら真剣に読んでみます。

本書にはとりあえず嘘はないと思います。嘘（フィクション）は小説で山ほど書いてきましたが、この種の本は話をおもしろくしようと思ってオーバーに書くほどつまらなくなるというのが僕の思いです。オリンピックの話はこれで終わりにします。知らないことは書けないので。

第一四章　電通を辞めて八年

―英語と僕―

電通を辞めて八年、はしくれ小説家の私生活なんか皆さん、まったく興味がないのは知っていますが、電通の話に絡めて少し書かせてもらいます。現役時代の終章が近づく頃から、僕が後悔していた大きなことがあります。それは英語が苦手だったことです。僕には二人の子供（といってももう立派な大人です）がいます。

彼らが羨ましいのは、英語でメシを食っているからです。特に息子はどうもペラペラらしい。巨大な企業で、忙しいときは月に二、三回、一人で海外に交渉ごとで出張したときもあるらしいです。体に気をつけてくれと思うと同時に、古い人間かもしれないけれど、英語ひとつで世界を股にかけてビジネスしているのは、とても羨ましいです。娘もどこかの会社で英語で働いているらしい。

実はなんでこんな私事を書くかといえば、電通を辞めたＯＢたちが集まって嘆くのは、英語がもう少しできればなあ……という愚痴がやたらと出てくるからです。僕は三〇歳過ぎあたりで、隣国の仕事をほんの少しやった経験から、もう今さら英語やフランス語をやったって間に合わない、アジアのマイナー（失礼）な言語を身につけてエキスパートになってやろうと思い、韓国語を勉強しました。実はそれから三〇年以上、今でも少し勉強してやさしい小説などをほんの時たま読んでいます。しかし言葉は二〇歳までといわれるように、ものにはなっていません。ハングルという体温が低く感じられる文字は修業しましたがTVドラマは聞けません。やっぱり耳がダメなのです、向こうで生活しなければ。僕は別に電通の国際局の営業でバリバリ働きたくはなかった。ただ今頃、英語くらいできなきゃあという思いはあり、短いけれど娘と息子をイギリスとアメリカに留学させました。若い人の語学修得の速さに呆れました。ついこの間まで文法は全部父である僕が教えていたのに。

僕は韓国語が少し話せますし、少しは聞けます。在日の方は別にすれば、日本では少数派です。それはただ、ソウルに支局長として行って、アジアの広告業でひと暴れしたかったからでした、エキスパートとして。今思えば恥ずかしいことに、少し親しかった国際担当の副社長にソウルに行かせてくれとお願いしましたが、結局ダメでした。副社長氏は心の中で、「こいつは少しマイナーな言葉ができるらしいけど、営業にはまったく向いていないな」と思っていたに違いありません。東京からソウルに赴任するということは、支局長として、韓国広告業界で大きな営業利益を上げてこいということなのだから当たり前です。つまりあんなに営業嫌いだった僕がそんなことができるはずがなかったのです。

そしてそれから仕事で何回かソウルに行って思い知らされたことがありました。僕は韓国で有名な代理店やプロダクションを自費で一週間研修旅行しました。そこでいちばん思い知ったことは、彼らは日本なんか見ていないということでした。彼らはアメリカしか向いていません。社交辞令では「お上手な韓国語ですね、日本もこの頃、世界に通用するCMを作るようになりましたね」と聞きようによっては失礼なことを言われました。出てくるビジネスの話はとにかくアメリカ系の顧客の話やCMスタッフの話で、しかもかかってくる電話で話している英語は、うわーっ、ネイティブと思うような英語でした。僕もこれで支局長なんかになっていたら、クビくったなと心の中で笑いました。つまりマイナーな言語を勉強してエキスパートになるというのは幻想で、英語は世界語で、世界はアメリカを中心に回っているということを頭の中で知ってはいましたが思い知りましたし、おそらく英語がペラペラだった副社長氏は英語がまるでダメな男が、多少の韓国語を話せるくらいでは泣いて帰ってくるのが目に見えていたのでした。実はこの間にも社内の国際派の者にソウルに支社長として行きたいと言ったら、「井上さんが泣いて帰ってくるのが目に見える」と言われたことがあったのです。それから僕は息子や娘に英語を勉強させ、留学もさせました。そして今二人は、英語でビジネスをしています。

あるとき、娘がこう言いました。

「お父さん、あたしね、英語には少し自信あったけど、すごいショック受けた。会社にいる韓国人の女の人たちの英語ってすごいの。まるでアメリカ人よ」

僕はソウルを思い出しました。今、隣国では少しでも生活に余裕があると、中学、高校の子供たちでもアメリカに留学させるらしいのです。電通でこれから働きたいと考えている皆さん、遅ればせながら申し上げます。僕が若い頃の、英語なんて、できなくたって体力だよ、体力。という考え方はもうまったく通用しません。英語を身につけて電通を受験してください。大先輩からのアドバイスです。

それから、話は全然違いますが、同窓会での話。クリエーティブ出身者が集まると、必ず出てくる話。

「俺たちは世界でいちばん楽しい、楽チンな会社にいたな」

楽しいはまだしも、楽チンとはどういう意味だと僕は思ったりしますが、僕も本心は、いい会社にいたと思っていることは真実です。電通を外から見て、外の方々はどう思うかわかりませんが、楽しい、楽しい戦場だったことは確かでありました。

第一五章　電通が最も輝いていた三十五年

僕は一九七〇年代に電通に入社して二〇一〇年まで電通にいましたが、自分が今いちばん思うことは、いい時代に働いたなということです。今、まだ銀座の真ん中に健在の小さいけれどどっしりした電通銀座ビル、そして当時新築されたばかりの築地ビルにやがて移り、一五年くらいそこにいてから聖路加病院が経営していた聖路加タワーに移って、最後の五年、あの巨大な汐留の電通本社ビルで働かせてもらいました。このスゴロクみたいなビルの〝出世〟は、まるで僕の三十五年間の電通生活を象徴しているようです。

今、電通の営業収入がいくらかは正確には知りません。二兆円を超えていると思いますが、僕の入社したときは二千億円なかったと思います。つまりおよそ十倍。僕は三十五年間、クリエーティブ生活をしましたが、営業成績が十倍の実感は湧きません。それでも十倍以上にはなったのでしょう。やはり会社である以上、収入成績は絶対です。当然僕の年収もたぶん新入社員のときからは一〇倍くらいは上がったはずです。

しかし僕が書きたいのはこんなことではありません。前に電通の荒っぽいけれど自由な社風について何度も触れましたが、それは電通社内にいた僕の感想。僕はこの本を書くにあたって、制作会社を何社か取材しました。僕が社内にいたときには、電通に出入りして商売をしていた彼らに「電通のことをどう思う？」と聞いても、あははと笑うか、「いい会社です、羨ましい」とかしか言いません。ところが制作会社を辞めて自由になったプロデューサーが声を揃えて言うことがありました。

「それはね、決定が速いことですよ。だって井上さんがほとんどすべて決定しちゃうんだもの。我々にとってこんな楽なことはないですよ」

というものでした。僕は他の代理店に勤めたことはないので何も知りません。どの代理店でも担当者が決めると思っていました。どうもそうではなく、〝判〟がいろいろと回ってやっとOKが出るらしい。当然、時間がかかり、イライラさせられます。お金の話ではありません。顧客に提出する企画案の話です。当然僕にも上司はいましたし、上司と一緒に仕事をすることも多かったことはすでに書きましたが、クリエーティブの現場というのは不思議と上司は〝事件〟でも起こらない限り、口出ししてこない人が多かったのです。「俺が口出ししたら、井上はやりにくいだろう」という優しい方が多かったと思います。

　しかも企画が決まって制作会社を決めるときも八〇％は自分で決めることができました。時には上司が〇〇社を使ってくれということもありましたが、それは数えるほどでした。

　プロデューサー氏からすれば標的が決められるのだから、これ以上の楽はありません。これは本当のことですから書きますが、今でもいちばん親しい友人のプロデューサーは、

「井上さんて本当に楽な人だった。なにしろ接待ゼロの人だったから。俺が井上さんに使った交際費って何だったか思い出せない」

　と言っていました。まあ酒を一滴も飲まない人って、確かに接待する方は楽ですよね。ゴルフではお世話になったこともありましたが。つまりはっきり言ってしまうと、プロデューサー氏は儲けなければ仕方ないのだから、決定してくれる人がいちばん大事です。社長も専務もありません。決定してくれる担当者が彼には社長（笑い）だったのです。

　だから担当者に権限を与えることがいいことなのかどうかは別として、その頃の電通は、というよりおそらく今でも、電通の自由な社風は続いているに違いありません。

　それからあるプロデューサー氏が言うのに、

「電通は打合わせが速い。せいぜい一時間。これも俺たちには助かったね」

打ち合わせが速いということは担当者が決定権をもっているからです。会議に何人も出てきたら、船頭多くして、船、山に登るってことになります。もちろん難しい仕事の場合は当然上司に相談しましたが、何かにつけてクリエーティブ局はおおらかでした。そのおおらかな最たるものは、見積りです。

考えてみれば、〝運が良いことに〟僕が二十代後半から五〇歳近くまではいわゆるバブル時代で、僕はバブルとともに入社したようなものです。プレゼンテーションで企画のOKが取れると、〝僕の采配〟でプロダクションが決められ、すぐ打合せとなり、プロデューサー氏は翌日か翌々日に、制作費見積りを〝電通 井上様〟宛に持ってきます。

CMの制作費は小さなものではありません。この頃でも、千五百万円から二千万円くらいが平均値でしょう（東京本社の場合）。とにかく多数のスタッフが関わり、彼ら全員にギャラを払うのですから。たとえば千五百万円の見積りに、何と僕が顧客用に上乗せして書き直すわけです。

その頃、プロダクション利益はだいたい三〇%くらい取らないと、制作ができません。それに代理店が一五%（平均）の利益を上乗せして、顧客用に書き直すわけです。もちろん標準価格表なるものがあって、それを参考に書くのですが、制作条件の違いによって、そんな一様にはなりません。千五百万円が千七百～千八百万円になって営業に渡り、それを営業が持っていって説明したり、僕がついていって説明したりします。

「高いなあ、井上さん、もう少し色をつけてよ」

顧客からそんな要求が上がることはしょっちゅうですが、

「いや、そんなことはありませんよ。ずいぶんお勉強させていただいているんですよ」

と僕か営業が答えて、少し話し合いが持たれ、

「しゃあないか」

という顧客のひと声で終わるのが大抵です。こんな夢のようなバブル時代だったのです。だからといって誰にもただの一円も渡るわけではありません。あくまで組織対組織の話ですから。三十五年間、もちろん百万円しか予算がないとか、そんな極端な例もありましたが、僕は大きな値引きは経験しませんでした。なんと良い時代に生まれたものでしょうか。

三十五年間の間には、制作費一億円以上の仕事も三回くらいありました。予算が八千万円あっても赤字のときもありましたし、小額な予算なのに儲けさせていただいたこともありました。上を見ればきりがない、下を見ればやりようがないというのが現実でした。これまでの予算の話に、タレント費はまったく別の話です。純粋なＣＭ制作費の話です。予

算百万円のあるイベントのお報せCMは、同時にやっていた予算二千万円の仕事にくっつけて、ついでに撮影しました。顧客もわかっていて盛んに頭を下げていました。

さて、一九九〇年代に入ってバブルがはじけると、予算もぐっと厳しくなってきたわけですが、僕が先に書いた、四二歳のときに一年で二七本のCMを作ったというのも、今考えてみると、バブルの絶頂期でした。とにかく仕事が来て、会社としても、いわゆるうれしい悲鳴という状態でした。僕もよく体を壊さなかったなと思います。もう僕が五〇歳になる頃にははっきり景気も下降線をたどり始めましたが、電通全体として見れば、たぶん貯金があったせいで、世の中ほどには、大きな不景気にはならなかったのではないでしょうか。

この頃から個人的にいえば、CMを作ることに疲れてきました。つまり他人のために仕事をすることに疲れてきた僕は（電通さんゴメンなさい）、会社の仕事の一方、あちこちの雑誌にエッセイを書いたり、小説を書いたり、つまり、仕事をするエネルギーの半分は自分のために向けていくようになっていました。別に売れていたわけではありませんが、なんとなく気持ちが良いというか。それが今現在も続いています。

小さいとはいえないけれど、ひとつの広告屋に過ぎなかった電通。こんなになってどうしよう……どう表現していいのやら。

電通時代は僕の楽園と戦場の放浪三十五年間でした、とでも言うほかないかな。時代にも本当に恵まれたし。相変わらず僕の話が多いですが、すべては電通の実状を書くためです。

第一六章　補足

―アメリカのCMと日本のCM―

　最後に、ソウルでの経験を書いたときに、いちばん大切な話を書き落としていました。彼ら韓国の方たちが話題にしたアメリカの広告表現について、電通（日本）との違いを書いてみたいと思います。

　韓国の制作部長さんが言われた、「日本の広告も世界で通用するものもできてきましたね」

という失礼な言葉には、実はとても大切なことが含まれています。これはアメリカのような多民族国家と日本や韓国のような少民族国家の表現の仕方の基本的違いを突いていたのです。逆に言えば、韓国のCMも僕に言わせれば、日本よりはずっと多民族的ではありましたが、やはり少民族国家ゆえの日本的表現のものが多いと僕には感じられました。

　つまり、アメリカのように白人もいれば日韓中やアフリカ系の有色人種もいれば、さらに白人の中にはアングロサクソンもいればラテン系もいればゲルマン系もいればスラブ系もユダヤ系もいる、それにヒスパニックもいるという国では、あらゆる人種に共通にわかる表現で訴えるというのは、至難の技です。だからある地方、ある人種には理解できる感性や文化に頼ったものは通用しません。やはりその商品の特徴をアイデアに使った、どの民族にでも理解できるキレの良いものが必要なのです。感心するアイデアＣＭが多いのもうなずけます。

しかし日本は得てして全国民が共通して知っている人気タレントに頼った安易に見えるものがＣＭとして多くなるわけですが（韓国も最近はタレントＣＭが結構多い）、やはり少民族国家が原因だと思いますね。もちろん日本にも、とてもキレるアイデアＣＭもありますが。僕がここ十年で見た中で好きなのは、東芝のＬＥＤ電球の寿命の長さを訴えたＣＭなどがその代表に思えます。

韓国の制作部長が言われた〝国際的に通用するＣＭ〟というのは、民族の違いに関係なく理解が得られるアイデアという意味だったのです。日本よりもアメリカに根づいた生活をしている人々が多い韓国でアメリカ流のＣＭが多かったのもそんなわけですが、何度も書くように今やアメリカにはあまりない、人気タレントＣＭが多いのは、日本的ともいえますね。というのは今や韓国のマーケティングは、日本に大きな影響を受けていますから。

この話は、電通でも他の代理店でも同じ傾向ですから、日本文化の何かを暗示しているように見えたので、補足として書いてみました。

あとがき

三十五年間という僕の人生の半分以上を、電通という大きな広告代理店で過ごしました。ヤクザという表現まで使われて友人に言われた会社に入って、まったく違う堅気な会社を卒業しました。あっという間の放浪の三十五年間でした。電通論などという大それたものは書けませんでしたが、読者の皆様に船に乗っていただいて、三十五年間の電通丸の船旅をしていただいたつもりでしたが、船酔いはされませんでしたか。お疲れ様でした。ビクビクして入った体育会系会社に、最後は〝ケンカの井上〟とまで言われた人間になって卒業した自分を褒めてやりたくなります。

ここに書いてあるのは、電通のほんの一部の姿です。電通全体の像なんて原稿用紙千枚使っても誰も書けませんし、書きたくもありません。自分が在籍したクリエーティブ局を中心とした自分の電通放浪生活を少しでも皆様におもしろく読んでいただければと思い、思い切って書きました。自伝なんか書くつもりは少しもなかったのですが、やはり自分のことというか、自分の記憶が多く書かれていますね。でも自分の経験を書くしか、電通についで語る方法が僕にはありません。電通生活、楽しくもあり闘いでもあった三十五年をおもしろく読んでいただけましたら、筆者として望外の喜びです。

いろいろな方にお世話になりましたが、あまりにも多いので一人ひとりのお名前は失礼ですが書かせていただきませんでした。

最後になりますが、電通新入社員の女性が自殺するという大変痛ましい事件が起こったのはまだ記憶に新しいところです。電通ＯＢの僕ばかりでなく、社会に大きな衝撃を与えました。たとえ誰であろうと、あってはならないことであるのは当たり前です。心から彼女のご冥福をお祈りしたいと思います。これからの電通に、このような事件が二度と起こらないことを、電通ＯＢの一人として強く願っています。

二〇一八年　春

井上卓也

著者プロフィール

井上 卓也（いのうえ たくや）

東京都品川区大井町にて、作家井上靖の次男として生まれる。

慶応義塾大学文学部史学科卒業後、株式会社電通に入社。

CMプランナーとして、JR東日本の「フルムーン」や「エキゾチック・ジャパン」、サントリーやネスレ日本、三井のリハウス等々、35年で約500本のCMを作る。

一方、三十代から小説執筆を始め、『文學界』や『別冊文藝春秋』に中編小説を執筆、その他、雑誌、新聞等にエッセイを多数発表。

電通退社後は、大学、カルチャーセンターなどで講師（コミュニケーション論）やプロデューサーを務める。

現在、「井上靖記念文化財団」評議委員。

【著書】
中編小説集『神様の旅立ち』（アートン）
長編小説『暗号名「鳩よ、飛びたて」』（文芸社）
中編小説集『極楽トンボ』（万来舎）
長編小説『楽園と廃墟』（万来舎）
伝記『グッドバイ、マイ・ゴッドファーザー　父・井上靖へのレクイエム』（文藝春秋）
伝記（共著）『父の肖像』（かまくら春秋社）
長編小説『幸せからやって来た悪魔』（万来舎）

僕の電通放浪記

2018年5月20日　初版第1刷発行

著者　井上 卓也
発行　株式会社 静人舎
〒157-0066　東京都世田谷区成城4-4-14　TEL& fax：03-6314-5326
発売　株式会社 出版館ブック・クラブ
〒170-0013　東京都豊島区東池袋3-15-5
TEL：03-6907-1968　fax：03-6907-1969
印刷　株式会社エーヴィスシステムズ

ISBN978-4-915884-73-3